# रस्किन बॉण्ड की डायरी



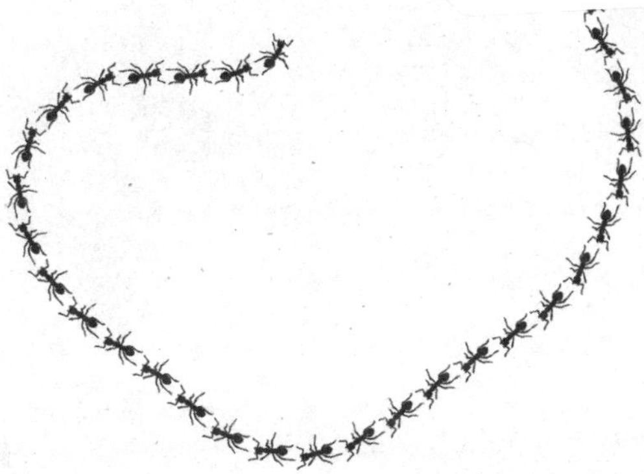

# रस्किन बॉण्ड की डायरी

रस्किन बॉण्ड

प्रभात प्रकाशन

*प्रकाशक*

**प्रभात प्रकाशन प्रा. लि.**

4/19 आसफ अली रोड, नई दिल्ली–110002

फोन : 011–23289777 • हेल्पलाइन नं. : 7827007777

इ–मेल : prabhatbooks@gmail.com ❖ वेब ठिकाना : www.prabhatbooks.com

*संस्करण*

2026



*अनुवाद*

शिप्रा शर्मा

*पेपरबैक मूल्य*

तीन सौ रुपए

*मुद्रक*

यश प्रिन्टोग्राफिक्स, नोएडा

---

**RUSKIN BOND KI DIARY**

*by* Ruskin Bond

(Hindi translation of A BOOK OF SIMPLE LIVING)

Published by **PRABHAT PRAKASHAN PVT. LTD.**

4/19 Asaf Ali Road, New Delhi-110002

by arrangement with Speaking Tiger Books LLP.

ISBN 978-93-5521-049-4

₹ 300.00 (PB)

*"भगवान् के नाम पर थोड़ी देर ठहरिए, अपना काम रोकिए और अपने चारों ओर देखिए।"*

**—लियो टॉलस्टॉय**

F

*"आखिरकार···हँसना एक अच्छी बात है—अगर एक घास का तिनका भी किसी आदमी को हँसा सकता है, तो यह खुशी का एक साधन है।"*

**—जॉन ड्राइडन**

# भूमिका

इस धरती पर अस्सी साल जीने के बाद मैंने क्या सीखा? अगर सच कहूँ, तो बहुत कम। प्रिय पाठको, अपने बड़ों और दार्शनिकों की बात पर विश्वास मत कीजिए। बुद्धिमानी उम्र के साथ नहीं आती। हो सकता है, यह पालने में ही आ जाती हो—पर इस बात में भी अटकलें लगाई जा सकती हैं। मैं सिर्फ यह बता सकता हूँ कि अधिकांश बातों को मैंने सहजता से लिया है, न कि उसमें अपनी बुद्धि का इस्तेमाल किया है और यह मेरी खुशी का थोड़ा कारण तो बनी ही है। आप इस रिवॉर्ड के लिए अपना रास्ता खुद बनाएँगे और अंत में वही रिवॉर्ड आपके लिए होगा। यह पूरी पुस्तक आपको सिर्फ यह बता सकती है कि मैं आपके साथ एक सहयात्री था।

जिंदगी के इस पड़ाव में, बिना किसी सांत्वना के धर्म के अलावा कोई एक चीज, जो मेरे भीतर सबसे ज्यादा खुशी और संतुष्टि लाई, असल में वह है—पुस्तक। मैं पुस्तकों और कहानियों के बिना कभी जिंदा नहीं रह पाया। इसके साथ ही कभी-कभी साथ भी जरूरी है—जिसमें कभी दोस्ती, कभी प्यार भी शामिल है और अगर हम भाग्यशाली हैं तो हम थोड़ा हँस सकते हैं और हम मजाक भी कर सकते हैं। इसके अलावा, प्राकृतिक दुनिया से मेरा रिश्ता पहाड़ से है, धूल भरे मैदानों, पेड़ रहित मोहल्लों, जो कंक्रीट के फ्लैट से भरे हैं, जहाँ मैंने अपनी एक बालकनी की एक टूटी जगह में गेंदे का एक पौधा पाया। मैंने उस पौधे की जड़ से प्लास्टर निकाला और उसे मिट्टी के अंदर लगा दिया, जिसे मैं हर सुबह पानी दिया करता था। पौधा बड़ा हो गया

और कुछ समय के बाद उसमें से एक नारंगी रंग का फूल निकला। मैंने उस फूल को तोड़ा और मिट्टी को उसके मुरझाने से पहले ही उसे वापस दे दिया।

मैं आपसे सिर्फ इतना कह सकता हूँ, सभी परेशानियों और मुसीबतों के वास्ते यह जिंदगी बहुत आसान है। जब प्रकृति किसी खुशी के पीछे नहीं भागती तो बदले में वह खुशी उसे बहुत अधिक मात्रा में मिलती है।

क्या यह अचानक हो गया या यह पूर्व से निर्धारित था या यह मेरी प्रकृति में ही था कि मैं जिंदगी के इस अंतिम पड़ाव में बिना कोई नुकसान पहुँचे आ गया? मैंने इस जिंदगी को बहुत शिद्दत से प्यार किया है और मैं चाहता हूँ कि यह यूँ ही चलती रहे। पर हर एक अच्छी चीज का अंत निश्चित है और अब मेरे जाने का समय भी आ चुका है। मैं आशा करता हूँ कि मैं इसे पूरी विनम्रता और हँसी-खुशी के साथ स्वीकार करूँगा।

पर अभी समय है और अभी ऐसे कई छोटे-मोटे पलों का स्वाद लेना बाकी है।

लैंडोर, मसूरी

**—रस्किन बॉण्ड**

हर दोपहर को धूप में एक बिल्ला मेरी छत पर बहुत आराम से कुछ घंटों तक पसरकर शांति से आराम करता है।

जब वह जागता तो बहुत धीमे से अपने पैर नीचे रखता, अपनी पीठ को पूरी तरह से पीछे मोड़ता और उसी तरह से चला जाता, जैसे वह आया था। वह हर रोज उसी जगह आता, उसी मुद्रा में बैठता और उसी तरह से रहता। ऐसी कई जगहें हो सकती थीं, जहाँ वह बिल्ला आराम कर रहा हो, वहाँ बहुत धूप थी, शांति, जहाँ चिड़ियों की चहचहाहट थी। इसलिए किसी चीज की कोई गारंटी नहीं थी और वह खोज भी कभी खत्म होनेवाली नहीं थी और सारी जगह ढूँढ़ने और खोजने के बाद सोने के लिए कोई वक्त भी नहीं बचता था।

मुझे अधिकतर ऐसा लगता था कि वह बिल्ला एक साधु है। इसका कोई सीधा-सादा मतलब भी नहीं था। मुझे इस बात पर भी संदेह था कि आत्मज्ञान पाने की खोज में कोई भी व्यक्ति कभी ऐसा कुछ पा सकता है! एक अच्छा संन्यासी, थोड़ा शांत किस्म का व्यक्ति था, अपने में संवेदनाओं को महसूस करता हो, दुनिया के लिए करुणा से भरा हो; पर अपने लिए भी करुणा से भरा हो। उसे यह पता होना चाहिए कि अगर हम पहाड़ पर नहीं चढ़ पाते तो कोई दिक्कत नहीं है।

एक अच्छे संन्यासी को यह पता होना चाहिए कि खुशी पाने से अच्छा संतुष्टि पाना है और उतना ही काफी है।

फिर खुशी क्या है?

खुशी एक रहस्यमयी चीज है और यह बहुत थोड़े से लेकर बहुत ज्यादा के बीच कहीं भी पाई जा सकती है। पर एक तितली की तरह मायावी है और हमें इसके पीछे नहीं पड़े रहना चाहिए। अगर हम शांत रहते हैं तो यह हमारे हाथ में आ जाएगी और हाथों में ही ठहर जाएगी; पर वह भी कुछ समय के लिए। हमें उन क्षणों को सँभाल लेना चाहिए, क्योंकि वे हमारे रास्ते में बार-बार नहीं आते।

रात की बारिश के बाद एक चैरी का पेड़ नीचे झुक जाता है और फिर अचानक से अपने आप उठ भी जाता है और जैसे ही वह उठता है, वह मेरे चेहरे पर पानी के छींटे मारता है। इसे भी खुशी कहते हैं।

हिमालय की घाटियों पर धुंध गिरने लगी थी और पूरी पहाड़ियों को मानसून की बारिश ने धो दिया था। फिर कभी दिन के समय एक चिड़िया मेरे सामने आई; वह गहरे बैंगनी रंग की सीटी बजानेवाली थी। अपने लंबे-लंबे पैरों से वह फुदक रही थी, दाएँ-बाएँ देख रही थी और गाने के लिए बहुत घबरा रही थी। वह फिर भी खिड़की से झाँक रही थी और मेरी तरह बारिश को देख रही थी। वह किसी परिचित को कोई अनुमति नहीं देती। पर मैं कुरसी पर चुपचाप बैठा रहा, वह खिड़की की सिल में रही, वह अब चुपचाप मेरी तरफ देखती रही और फिर मैं उससे एक उचित दूरी बनाए रहा। फिर जब बारिश बंद हो गई, वह उड़ गई और फिर यह देखकर लगा कि उसे अपनी आजादी पर कितना विश्वास था और फिर वह गला फाड़-फाड़कर गाना गाने लगी। उसकी टूटी-फूटी आवाज से कितनी मीठी आवाज आ रही थी और वह पूरी घाटी में गूँज रही थी।

फिर एक गिलहरी आती है, वह ओक के पेड़ों में रहती है, पर अभी वह पानी से भरा हुआ है। हो सकता है कि वह अभी अविवाहित हो, कुछ भी हो, पर वह अकेली रहती है। वह मुझे अच्छे से जानती है, पर यह गिलहरी बहुत बोल्ड है कि वह डाइनिंग टेबल में अकेले चढ़ जाती है और वह छोटी-मोटी चीजों की तलाश में होती है, क्योंकि मैं वहाँ उन चीजों को छोड़ देता हूँ, अगर मैं उसे जवानी में मिल जाता तो वह मेरे हाथ से खाना सीख जाती, पर मैं इस घर में कुछ महीनों से ही रह रहा था। मैं इसे इसी प्रकार पसंद करता। मैं किसी पालतू जानवर की तलाश में नहीं हूँ, पर जब उसे किसी साथ की जरूरत होती है तो मुझे तलाशती है और मेरे लिए यह ही बहुत है।

बहुत ही ठंडवाली जनवरी है। बाहर बर्फीला तूफान आ चुका था। यह तूफान दो दिनों तक रहेगा, जिसमें हवा की डराती आवाजें, ओले, ओलावृष्टि, बर्फ एक साथ गिरनेवाले हैं। बिजली भी चली जाएगी। जलाने के लिए कोयला तो है, पर वह इतना ज्यादा भी नहीं है। मैं इसे पहाड़ों का सबसे खराब मौसम कहूँगा। बहुत तंग आ चुका हूँ मैं इससे। पता नहीं मैं यहाँ क्यों रह रहा हूँ ?

मार्च में कम-से-कम मौसम थोड़ा अच्छा तो हो जाएगा। आड़ू, पूलम, खुमानी के पेड़ फूलों से लद जाएँगे और टहनियों में पक्षी चहचहाने लगेंगे। इसलिए तो हम लोग यहाँ रहते हैं।

जब कल रात मैं घर जाने लगा,
मैंने एक अकेली लोमड़ी नाचती पाई,
वह एक सर्द चाँदनी रात थी।

मैं खड़ा हुआ उसे देखने लगा,
औ' यह जानते हुए फिर मैंने छोटी सड़क पकड़ी
कि यह रात सिर्फ उसके लिए है।

एक समय जब शब्द सही होते हैं,
तो मैं अकेली नाचती लोमड़ी-सा लगता हूँ,
जो सुबह की ओस में भीगा है।

वसंत की बरसात में पेड़ों की पत्तियाँ ताजी, हलकी पीली और हरा रंग लिये हुए हैं। मैं अपनी खिड़की से उन पेड़ों को देख सकता हूँ—मैंने नीचे झुककर उन्हें देखा, क्योंकि मेरे कॉटेज के पहले तल में खिड़की है और पहाड़ी घाटी की ओर तिरछी है। मैं इसी खिड़की की सीट पर लेखन का सारा काम करता हूँ। जब भी मैं ऊपर देखता हूँ, ये पेड़ मुझे यह याद दिलाते हैं कि वे वहाँ हैं। वे मेरे सबसे बड़े आलोचक हैं। जब तक मुझे उनकी मौजूदगी का भान होता है, तब तक मैं कोशिश करता हूँ कि मैं विचारहीन न रहूँ और नगण्य-सा न रहूँ।

दिन के समय जब मैं बहुत चलता हूँ और पहाड़ों में पेड़ों की तरफ अकसर जाता हूँ तो उनके तनों को अपने हाथों से छूता हूँ—वे अखरोट की तरह मुलायम और चमकीले होते हैं, वे चीड़ के पैटर्न के होते हैं और चक्करदार होते हैं, ओक कड़ा और ऐंठा हुआ होता है, उसमें काफी अनुभव भरे होते हैं। ओक वहाँ सबसे लंबे समय तक होता है, हवा ने उनकी सबसे ऊँची टहनियाँ झुका दी होती हैं और कुछ को तो मरोड़ भी दिया होता है, जिससे वे झबरी और पहचान में भी नहीं आतीं। पक्षियों की निजता के लिए यह सबसे अच्छा पेड़ है, इसकी शाखाएँ बिना किसी प्रभाव के चारों ओर फैली हुई हैं और कभी-कभार तो पेड़ तब और निर्जन लगता है, जब उसके पास से गुर्राहट की आवाज आ रही हो और ऐसा लगता है कि जैसे कोई हेलिकॉप्टर उसके पास से जा रहा हो और लंबी पूँछवाली नीली मैगपाई पत्तों से टकराते हुए तेज आवाज में जंगलों से होते हुए जा रही हो।

मानसून के बाद, जब नागफनी की गहरे लाल रंग की बैरियाँ पक जाती हैं और सुंदर से पेड़ में हरे कबूतर बैठते हैं और जो गढ़वाल की कोकला

चिड़िया होती है, वह फलों से भरी फुनगियों में उलटा लटक जाती है। जाड़ों के दौरान जंगली नाशपाती के पेड़ों में सफेद पंखोंवाली रेडस्टार्ट खुशी के मारे सीटी बजा रही होती है। वह हमारे बगीचे में जाड़ों में आई है।

चीड़ दूसरी पहाड़ियों पर उगने लगे थे। पर 'हिमालयी चीड़' के नाम से एक छोटा नीला चीड़ है, जो मेरे घर के थोड़ा ठीक नीचे था और मैं कभी-कभार उसके नीचे बैठकर उसकी टहनियों से होकर जाती हवाओं से निकलनेवाला सुमधुर संगीत सुनता।

रात में खिड़की खोलकर मैं अधिकतर कुछ और ही सुनता, जिसमें अधिकांशतः मैं उन बौने उल्लुओं की हलकी सीटी सुनता या चिल्लाते हिरणों की आवाज सुनता रहता, जिन्होंने संभवतः आसपास से तेंदुए की सुगंध सूँघ ली हो।

एक समय, मैं कुछ आवाजों को पहचान नहीं पाता। रात में कुछ अजीब सी आवाजें आती हैं और ऐसा लगता था कि वे आवाजें कुछ बड़े पेड़ों से आ रही हैं, जो अँधेरे में अपने पैरों में खुजली कर रहे हों, थोड़ा खिसक रहे हों और अपनी उँगलियों को तोड़ रहे हों।

कभी-कभी कुछ अजीब सी चुप्पी रहती और मैं देखता कि चाँद उतरनेवाला है और दूर दो देवदार के पेड़ों की छाया बहुत ही खूबसूरत दिखती।

मैं बिस्तर पर बुखार के कारण पड़ा हुआ था। मेरे बिस्तर के पास एक खिड़की थी और मुझे उससे बाहर देखना अच्छा लगता था कि मेरे चारों ओर क्या हो रहा है ? और इस कारण दर्द और दुःख से मैं दूर हो जाता हूँ।

चैरी के पत्ते गहरे हरे रंग के हो चले हैं। मैपल के पेड़ पर पंखवाले घुमावदार बीज चारों ओर घूमते हैं। जंगली ब्लैक बेरी की झाड़ियों में फल होते हैं। खिड़की के ऊपर की दीवार पर हुए एक छेद में दो मैना मिलकर एक घोंसला तैयार कर रही हैं। वे घोंसला बनाते समय बहुत शोर करते हैं, किसी अच्छे विवाहित जोड़े की तरह वे बहुत लड़ते भी हैं। खिड़की के छज्जे पर घास भी गिरती रहती है। फर के पेड़ों पर एक कूकू कहती है, "मैं इतने अच्छे से सोई! मैं इतने अच्छे से सोई" (और बुखार होने के बावजूद। मैं भी बहुत अच्छे सोया ओ खुशनुमा चिड़िया!) एक छोटी सी गिलहरी खिड़की के छज्जे पर चढ़ गई। जब से मैं बीमार पड़ा था, वह हर दिन आ रही थी और मैंने उसे अपनी प्लेट में पड़े हुए ब्रेड क्रंब दिए थे। खच्चर पर बैठकर एक बच्चा हर दिन उस पहाड़ी रास्ते को पार करता था। उसने खिड़की पर मेरा चेहरा देखा और मेरी तरफ अभिवादन में हाथ हिलाया। मैंने भी उसे देखकर हाथ हिलाया। जब मैं ठीक हो जाऊँगा तो उसे कहूँगा कि वह मुझे भी खच्चर पर बिठाकर ले जाए।

फिर से जाड़ा आ गया है। जब अँधेरा हो जाता है तो मैं अपने छोटे से डाइनिंग रूम में बड़ा सा स्टोव जलाता हूँ। राकेश मेरे साथ बैठता है, उसकी पत्नी बीना रसोई में अपना मनपसंद और सुकून भरा गाना सुनती है। वह वहाँ कड़ाही में चीजें भूनती है, मसाले हिलाती है। उनके तीनों बच्चे—सिद्धार्थ, सृष्टि और गौतम, वहाँ कमरे में हमारे ऊपर रैकेट खेलते हैं। पास में बैठी छोटी सी बिल्ली ने मेरी कुरसी के पास स्वयं को बॉल की तरह सिकोड़ लिया है।

यही मेरा परिवार है। इसकी शुरुआत प्रेम सिंह के साथ मेरी दोस्ती से हुई। राकेश के पिता 1960 में मेरे पास काम करने के लिए आए थे। मैं उस समय अकेले रह रहा था और मैं अपनी युवावस्था से ही अकेले रह रहा हूँ। पर मेरे घर में एकदम सन्नाटा था (जो एक जंगल के किनारे पर था)। उस लंबी सुनसान रिज के मृत लोगों के भूत बहुत ही सहानुभूतिवाले थे और वह दखलअंदाजीवाले भी नहीं थे, क्योंकि वे अपने में ही रहते थे। सीटीवाले गाने वहाँ बहुत मधुर लगते थे, पर मुझे पता था कि वे मेरे लिए नहीं गा रहे हैं। घाटी में ऊपर से कभी-कभार बाँसुरी की आवाज आती थी, पर मैंने अभी तक उस बाँसुरी वादक को नहीं देखा था।

मुझे इस प्रकार की किसी सेवा की जरूरत नहीं थी, मुझे सिर्फ साथ की जरूरत थी। प्रेम और उसकी पत्नी व उनका पहला बच्चा, जो छोटा सा राकेश था, ने मुझे वह साथ दिया। उन्होंने मेरी जिंदगी में बहुत सारा प्यार व हँसी भर दी। एक अकेले आदमी को इसके अलावा और किस चीज की जरूरत थी?

यह एक बहुत पुराना व लंबा साथ था, पर मैं इन छोटी बातों को हमेशा

याद रखता हूँ। वे मेरी जिंदगी में सिनेमा के टुकड़ों की तरह आए, जिनकी स्लाइड रंगीन थीं और वे मेरी याददाश्त से अब थोड़े-थोड़े फिसलते-से जा रहे थे।

चीड़ की पहाड़ी से पूरी घाटी देखी जा सकती थी। मुझे मेरा कॉटेज दिखा, मैपलवुड, जो सूरज की रोशनी में धुल चुका था। प्रेम बगीचे में था और धूप में मैट्रस डालने के लिए आया था। यहाँ से वह दूर, पहाड़ी के थोड़ी ही दूर था, पर मुझे पता है कि यह प्रेम ही था, जो बगीचे की ओर धीरे-धीरे आ रहा था, जो आकाश की ओर देखकर रुक-रुककर आ रहा था।

प्रेम थपकी देकर अपने बेटे को सुला रहा था और कुछ गुनगुना रहा था, वह अपना बड़ा सा हाथ बच्चे के घुँघराले बालों पर फेर रहा था।

प्रेम पुलिस स्टेशन में मेरे पीछे-पीछे गया, क्योंकि मुझे गिरफ्तार कर लिया गया था (डेबोनेयर मैगजीन में मेरी एक कहानी प्रकाशित होने के कारण) और जब तक मैं वापस नहीं आया, तब तक वह बाहर मेरा इंतजार करता रहा।

प्रेम सूजी नामक बिल्ली को डाँट रहा था, क्योंकि उसने कुछ गड़बड़ कर दी थी।

अधिकांशत: जब भी वह पुरानी 'लॉरेल एंड हार्डी' फिल्म देखता, तब प्रेम की बड़ी सी, न रुकनेवाली हँसी इस बात का पूरा सबूत थी।

मैंने अपने जीवन का अधिकांश समय दूसरों को दिया और उसके बदले मुझे जो प्यार मिला, वह बहुतायत में मिला। मेरे लिए यह जीवन गुलाबों का बिस्तर नहीं था! पर हाँ, कभी-कभार मुझे बिन मौसम के भी गुलाब मिले हैं।

*हमें किसी को तो प्यार करना चाहिए,*
*हमें प्यार करते रहना चाहिए, हमेशा*
*किसी को, किसी एक को, कहीं तो,*
*अपने दड़बे से बाहर।*
*कोई सारस, बगुला,*
*अपने छूटे साथी के लिए शोक करता है,*
*और सील भी अपने साथी के लिए रोता है*
*जीवन में कहीं,*
*कोई तो होना चाहिए*
*जो आपका हाथ पकड़े*
*और उस भयंकर दिन को बाँटे,*
*बिना किसी प्यार भरे स्पर्श के*
*कोई जिंदगी नहीं है और हमें मिट जाना चाहिए।*

मैं रात में बाहर बैठा था, जब बारिश के बाद हवा में सरसराहट थी और झींगुरों, ग्रासहॉपर और छोटे-छोटे मेढकों की आवाज आती। वहाँ एक सुमधुर आवाज आ रही थी और वह लगातार झरने से निकल रही थी, जिसे मैं भी समझ नहीं पा रहा था। हो सकता है कि वह एक छोटा सा नन्हा मेढक हो, या हो सकता है कि वह छोटा हरा झींगुर हो! मुझे कुछ भी पता नहीं चल पाएगा।

मुझे खुद नहीं पता कि मुझे क्या चाहिए? उस जमाने में जब हम देखते हैं कि हर किसी चीज के लिए, लगभग हर चीज के लिए वैज्ञानिक एवं दूसरी बातें बोली जाती हैं तो ऐसे में अच्छा ही है कि रहस्य ही रहा जाए, जो मीठा सा हो, संतुष्टिप्रद हो, मुझ पर ही केंद्रित हो!

इस जिंदगी में सबसे सरल चीजें ही हमें हमेशा चलाती रहती हैं। वह हमारी सामान्य खुशी, स्वास्थ्य, हमारी ऊर्जा और हमारे अति उत्साह को आगे बढ़ाए रहती हैं।

दिल्ली के नर्सिंग होम में मैं ऐसे था, जैसे किसी कबूतरखाने में कोई कबूतर हो और मैं वहाँ दो-तीन दिनों तक कैद था। मैं बहुत बुरी स्थिति में था और मेरी बीमारी और बुरा स्वरूप ले चुकी थी, जिसके कारण मुझे बहुत सारे टेस्ट कराने पड़ रहे थे, जैसे—ई.सी.जी., अल्ट्रासाउंड, एंडोस्कॉपी, एक्स-रे, खून की जाँच; पर मेरे मुख के द्वार पर उन्हें कुछ भी नहीं मिला, पर अंत में जो बिल बनकर आया, उससे मुझे दौरा जैसा पड़ गया।

सड़कों पर दौड़ने के लिए मुझे जो एक चीज रोक रही थी, वह मदद के लिए चिल्लाना, क्योंकि मैं तो कबूतरखाने का कबूतर बना हुआ था। मैं दिन के समय कई बार वहाँ जाता और वहाँ का ठंडा वातावरण मेरी नसों को ठंडक देता। मैं उस कबूतर के प्रति उस कृतज्ञता का ऋणी हूँ।

अब मैं जो यह लिख रहा हूँ, उसके साथ ही अन्य सांत्वनाएँ मुझे याद आ रही हैं—

*बूढ़ी हड्डियों में सर्दी का सूरज,*
*बच्चों-सी हँसी,*
*किसी छायादार जगह पर झींगुर का गान,*
*भुनते प्याज की खुशबू,*
*छोटी सी चिड़िया का घोंसला*
*अँधेरे का चुंबन*
*औ' गहरी बैंगनी रात में नया चाँद।*

*"दिन वापस आता है और वह हमें वही पुराने मुद्दे और कर्तव्य याद दिलाता है। हमें खेलने दो, हमें उसी हँसी और अच्छे से चेहरे के साथ काम करने दो। हमारे इस उद्योग में हँसी-खुशी रहने दो। पूरे दिन हमारे बिजनेस में हमें सानंद चलने दो, हमें अपने बिस्तरों पर आराम से आने दो, जहाँ हम थके हुए और संतुष्ट और अनादरित हों और अंत में हमें नींद का उपहार दो।"*

**—रॉबर्ट लुईस स्टीवेंसन**

ओविड कहते हैं कि नींद भगवानों में सबसे करुण है। उसका आनंद लें, रात में ज्यादा-से-ज्यादा सोकर और दिन में एक घंटा जरूर सोएँ।

शाम की ड्रिंक, एक अच्छा, हलका भोजन, जाड़ों में गरम पानी की एक बोतल और गरमी में खुली हुई खिड़की—ये नींद में सहायक हैं, पर ये सब एक खाली और हलके-फुलके रहनेवाले दिमाग से कम महत्त्वपूर्ण नहीं हैं। किसी बुद्धिमान व्यक्ति ने कहा है, 'एक शांत दिमाग के साथ आराम करो' और इस बात में बहुत ज्यादा सच्चाई है। दिन ढलने के साथ बातों को भूल जाओ और माफ कर दो और इस प्रकार पूरे दिन के काम खत्म हो जाते हैं, उसके बाद फिर सो जाना।

मैं सोचता हूँ कि मैंने शांति का मूल्य समझ लिया है। मैं बहुत ज्यादा झल्लाता नहीं हूँ, मैं स्वयं पर बहुत हँसता हूँ, पर मैं दूसरों पर नहीं हँसता हूँ। मैं अपने में ही रहता हूँ, जैसे बरगद का कोई पेड़!

यह क्या कोई बुद्धिमानी है या यह सिर्फ बुढ़ापा है?

मेरी बैठक के कमरे में बाँस की एक पुरानी कुरसी है, जो मेरा भार यथासंभव तरीके से पिछले तीस सालों से झेल रही है। मेरे लकड़ी के बिस्तर ने पिछले चालीस सालों से मेरा साथ दिया है। मेरा टाइपराइटर भी बहुत पुराना है और मैंने इसका बहुत इस्तेमाल किया है और उसे अब ठीक भी नहीं किया जा सकता। उसने करीब चालीस सालों से अपनी सेवाएँ मुझे दी हैं। उसके बाद से मैंने अपनी उँगलियों और पेन पर ही भरोसा किया है, जिन्होंने लगभग पिछले पचहत्तर या अस्सी सालों के मेरे जीवन में मुझे अपनी सेवाएँ दी हैं।

मेरी पुस्तकें पुरानी हैं, मेरी अधिकांश तसवीरें पुरानी हैं, मेरे जूते पुराने हैं और मेरा एक अकेला सूट भी काफी पुराना है।

सिर्फ मैं ही जवान हूँ।

बड़ा होना मेरे लिए हमेशा ही एक मुश्किल भरी प्रक्रिया रही है और कई-कई सालों पहले मैंने यह करना छोड़ दिया था। मेरे अंदर एक बच्चे की तरह का गुस्सा है और बदमाश होने के भी गुण हैं। मैंने अपने बड़े होने पर भी एक बच्चे की तरह ही विश्वास रखा, जो कभी-कभार मेरे लिए हानिकारक रहा। पर इस बात से कुछ फर्क नहीं पड़ता। लंबे समय में जो जोड़-तोड़ करनेवाले और शोषक स्वयं आपस में मिलते हैं और वे एक-दूसरे के सबसे बुरे शत्रु हो जाते हैं।

इस बीच मैं वही अस्सी साल पुराना व्यक्ति बनने की कोशिश करूँगा। हाल-फिलहाल में मैं काफी भारी महसूस कर रहा था तो मैं बच्चों के साथ अंटियों से खेला। वे मेरी सारी गोलियाँ जीतकर ले गए, पर मुझे अच्छा महसूस होने लगा।

लाल जेरेनियम ने कहा, 'मुझे थोड़ा पानी चाहिए। गरमी आनेवाली है।'

इसलिए मैंने जेरेनियम पर पानी डाला और नेस्टुरटिएम्स में भी। और मटर के छोटे सफेद फूल मेरी तरफ देख रहे थे।

रोड से जो सीढ़ियाँ हमारे घर की ओर झाँक रही थीं, उन्हें मरम्मत की जरूरत है। पर उन टूटी रोडों पर डेजी के फूल उगे थे, तो इसलिए मैंने सोचा कि पहले फूल खिल जाएँ, फिर बाद में सीढ़ियों के लिए कुछ किया जाएगा।

एक अच्छी सी खिड़की के लिए मेरी हमेशा ही न खत्म होनेवाली खोज शुरू हो गई। मैं अपनी पूरी जिंदगी इसी में समेट सकता हूँ। मेरे जवानी के दिनों से यह शुरू हुआ था और वहाँ आसपास देखने के लिए थोड़ी जगहें भी थीं, पर जब मैं अपने मौजूदा स्थान पर आया तो वह फैला हुआ था, पर वह पुराना घर था और एकदम किनारे था, पर मैं पूरी तरह से संतुष्ट था। मेरे बेडरूम की खिड़कियाँ नीले आकाश की ओर खुल रही थीं और दूर से पर्वत दिखाई दे रहे थे, घाटी में नीचे नदी हिचकोले खा रही थी (और मुझे थोड़ा धरती पर रखने के लिए एक स्थानीय टेलीविजन टावर था)।

बेडरूम में खिड़की इस तरीके से थी कि मैं अपने बिस्तर पर लेट भी जाता तो आकाश की ओर देखता रहता और अगर मैं अपने डेस्क पर काम करने के लिए बैठता तो आकाश की ओर देखता रहता या खिड़की पर खड़े होकर नीचे रोड की ओर देखता।

इन दृश्यों में सबसे अच्छी बात क्या होती?

कुछ कहते हैं पहाड़, पर पहाड़ कभी भी नहीं बदलते। कुछ कहते हैं रोड, क्योंकि रोड में हमेशा ही बदलाव और व्यस्तता होती है—टिंकर्स, दर्जी, सैलानी, सेल्समैन, कारें, ट्रक और मोटरसाइकिल, खच्चर और कभी तो हाथी भी दिख जाते हैं।

सड़कें कभी भी उदास नहीं होतीं और अगर मौका मिले तो मैं आकाश को चुनूँगा। आकाश कभी एक जैसा नहीं होता। अगर आकाश में बादल नहीं भी हैं तो आकाश के रंग अलग होते हैं। सुबह का आकाश, दिन का आकाश, शाम का आकाश, चाँदनी भरा आकाश, तारों भरा आकाश, ये सब अलग-अलग तरह के आकाश होते हैं। इसके साथ ही आकाश में हमेशा ही चिड़िया

होती हैं—चील, जो हमेशा ही ऊँचा उड़ती हैं, माउंटेन स्फ्टिस एक्रोबेटिक्स करती हैं, मैना हमेशा ही छत के छज्जे पर मिलती हैं, गौरेया हमेशा ही कमरे के अंदर और बाहर आती हैं। कभी-कभार एक तितली ठंडी हवा में बहती रहती है। गरमी की रात में बड़े से पतंगे खुली खिड़कियों से घुस जाते हैं और मेरी रीडिंग लाइट के पास घूमते रहते है। इससे पहले कि वे अपने आप को घायल करें, मुझे उन्हें पकड़ना पड़ता है और बाहर डालना पड़ता है।

जब बारिश आती है तो खिड़की बंद कर दी जाती है, नहीं तो बादल और धुंध कमरे के अंदर घुस जाते हैं और वह मेरी पुस्तकों के लिए ठीक नहीं है। पर साल के इस समय आकाश बहुत ही खूबसूरत लगता है। मेरी मेज से इस समय, मैं बादलों को घाटी से जाते हुए देख सकता हूँ, वे पहाड़ों के ऊपर से जाते हैं और नए रेंज में जाते हैं। खिड़की के शीशे के दूसरी ओर बारिश की बूँदें टिप-टिप नीचे गिरती हैं और तब तक नहीं रुकतीं, जब तक बारिश थमती नहीं।

फिर जब बारिश शुरू होती है और बादल बरसने लगते हैं तो वह स्वर्ग भी गहरा नीला हो जाता है।

रात गहराती जा रही थी और अब समय था कि मैं अपनी कुरसी को खींचकर खिड़की के पास लेकर आऊँ। इस समय यह ही सबसे अच्छा काम होता है।

रात की रानी की अपनी एक सुगंध होती है। वह सच में रात की ही रानी होती है, उसकी खुशबू किसी पड़ोसी की बालकनी से आ रही थी और जो करीब 2 फीट की दूरी पर थी। अब जल्द ही उन सफेद फूलों पर चाँदनी गिरनेवाली है और साथ ही चाँद की रोशनी मेरे कमरे में पड़ रही थी। कभी-कभार आजू-बाजू में घूमनेवाले चूहे भी भोजन के एक ग्रास के लिए आ जाते थे (उन्हें मेरा डिनर टाइम याद था)। पेड़ों के ऊपर से एक उल्लू धीरे से आवाज दे रहा था, ऐसा लग रहा था कि या तो वह टेस्ट कर रहा हो, याद करने की कोशिश कर रहा हो। नाइटजार तुरही की तरह काम कर रहा था और आसपास के झींगुर ऑर्केस्ट्रा की तरह काम कर रहे थे। वे तब शांत हो जा रहे थे, जब हिरन आवाजें निकाल रहे थे। वहीं एक तेंदुआ शिकार कर रहा था।

हवा बहने लगी और पेड़ों के गुनगुनाने की आवाजें आने लग गई थीं और इस कारण खिड़की भी खड़कने लग गई। अब वक्त आ गया था कि खिड़कियाँ बंद करें। ऐसा लगा कि स्वर्ग से कोई तारा टूटकर नीचे गिरा हो!

प्रकृति के पास रहिए, इससे आपकी आत्मा कभी भी नहीं टूटेगी, इससे आप संयम सीखेंगे और आपमें लचीलापन आएगा। आप अधीर नहीं होंगे और आप कभी अकेले नहीं होंगे।

प्रकृति के साथ मेरा यह रिश्ता हमेशा से ही बना रहा है और मुझे यह सालों से प्रेरित करता रहा है। एक रिश्ता, जो मजबूती से बढ़ता जा रहा है और यह तब से बहुत सार्थक हो रहा है, जब मैं करीब पचास साल पहले इन पहाड़ियों पर आ गया था।

हाल-फिलहाल में किसी ने मुझसे पूछा कि 'क्या प्रकृति तुम्हारा धर्म है?' अगर मैं 'न' कहूँ तो ऐसा कहना मेरा अभिमान ही होगा। प्रकृति आपसे किसी भी चीज का वादा नहीं करती—जीवन के बाद का जीवन, अच्छे व्यवहार के लिए किसी प्रकार का रिवॉर्ड, दुश्मनों से किसी प्रकार की सुरक्षा, संपत्ति, खुशी, संतति और वे सभी चीजें, जिसकी मनुष्य कामना करता है और जिस संबंध में मनुष्य प्रार्थना करता है। नहीं, प्रकृति आपसे किसी प्रकार का वादा नहीं करती। प्रकृति अपने आप में एक वरदान के समान है। इसलिए इसकी प्रशंसा होनी चाहिए, इसे समझना चाहिए, इसे जीना चाहिए एवं इसे प्यार करना चाहिए। इसलिए अपनी तरह से यह हमें सबकुछ देती है, यह हमें धरती, आकाश एवं समुद्र, सबका प्यार एवं अच्छाई देती है। भोजन, पानी और हवा देती है कि हम साँस ले सकें। फिर भी हम इन सब चीजों को यूँ ही लेते हैं!

फिर कभी-कभार हम इन चीजों को बहुत ही हलके में लेते हैं या इनकी उदारता का दुरुपयोग करते हैं। तब प्रकृति हमारे विरुद्ध काम करती है और फिर अपनी शक्तियों का उपयोग करके वह हमें भूकंप, तूफान, टाइफून, बाढ़,

अकाल आदि से अचंभित कर देती है। वह जब फिर से बैठ जाती है तो फिर से उसी सरल रूप में काम करने लगती है।

सब चीजों का पुनर्निर्माण होता है—मौसम और प्रकृति का, सूरज की रोशनी और अंधकार, उन्नति की आवश्यकता, बीज और अंडे की उर्वरता। सरकारें बनती और गिरती रहती हैं, मशीनों में जंग लग जाता है, बड़ी-बड़ी इमारतें ढह जाती हैं, पर पर्वत उसी तरह से खड़े रहते हैं, नदियाँ समुद्र की ओर बहती हैं और यह धरती घास एवं सब्जियों से ढकी रहती है।

सितंबर 1994। कुछ दिनों से मसूरी में कर्फ्यू लगा हुआ था। उत्तराखंड को एक अलग राज्य बनाने के चक्कर में लोगों ने एक रैली में अपनी जिंदगी से हाथ धो दिया। मॉल में बच्चों का पार्क एक युद्धस्थल के रूप में परिणत हो चुका था, वहाँ का फाउंटेन बहुत महीनों से सूखा हुआ था, पर आज वह खून से सना हुआ था। अपने इस हिल स्टेशन में इस प्रकार की हिंसा के बारे में हमने पहले कभी नहीं सुना था। हमारी दुनिया बदल चुकी थी, इस दुर्घटना के बाद ये पहाड़ पहले जैसे कभी नहीं रह जाएँगे।

पर कर्फ्यू के दौरान कुछ भरपाई तो होगी। उस घर में रहकर हमें अपने बच्चों के साथ और समय बिताना होगा, उन्हें यह समझाना होगा कि कम-से-कम यह दुनिया रहने के लिए इतनी बुरी जगह नहीं है। चारे की तरह भोजन करो और हर काम कम-से-कम करो। अपने पूर्व के असहानुभूतिपूर्ण पड़ोसियों के साथ दोस्ताना संबंध बनाओ, क्योंकि एक-न-एक दिन हम वही परेशानियाँ, वही अनिश्चितताएँ बाँट रहे होते हैं।

चूँकि मैं मुख्य बाजार के बाहर रहता था और हिलसाइड मेरे कुछ ऊपर ही था, तो मैं कर्फ्यू से बच सकता था और उन पहाड़ियों पर संघर्ष कर कुछ खोज सकता कि वहाँ सितंबर में कुछ नए पौधे उगे हुए थे। जंगली जिंजर में एक फूल हो रहा था, उसी तरह एग्रिमनी थी, लेडीज लेस था और जंगली जेरेनियम भी था। घासें पीली हो रही थीं। स्नेक लिली का फल लाल हो चुका था, जो इस बात का परिचायक था कि बारिश खत्म होनेवाली है। अखरोट के पेड़ की मृत शाखा पर थ्रश सीटी बजा रहा था। तितलियों की एक छोटी सी श्रृंखला लाइम-ग्रीन झाड़ियों के पीछे से उठती आ रही थी।

जब सारे युद्ध पूरे हो गए, वह तितली तब भी सुंदर लग रही थी।

युद्ध एवं उथल-पुथल से जिंदगी बरबाद हो रही थी, पर यह बात याद रखना सही था कि जिंदगी और मानवता इन सबसे बड़ी थी। हम वीरता और सुपरमैन की दृढ़ता के किस्से सुनते रहते हैं, पर धैर्य और लचीलापन जैसी सांसारिक चीजें आसानी से छूट जाती हैं।

मैं जर्सी में था, जो यू.के. के चैनल आईलैंड में था, जहाँ मैंने सबसे पहले यह सारी चीजें महसूस कीं। मैं वहाँ एक साल के लिए सन् 1950 में था। वह एक शांत और कानून का पालन करनेवाला द्वीप था। द्वितीय विश्वयुद्ध के जर्मन आधिपत्य के दौरान, द्वीप के लोग मछली पकड़ने और टमाटर उगाने का काम करते थे और उन्होंने सत्ता के अधिग्रहण के बारे में ज्यादा ध्यान नहीं दिया। फिर यूरोप में युद्ध समाप्त हो गया, जर्मनी पूरी तरह से समाप्त हो गया और आईलैंडर्स अपने टमाटर खुद लेकर गए। ऐसा लग रहा था कि जैसे कुछ हुआ ही न हो!

दुनिया का सबसे छोटा कीड़ा पतंगा है और उसका शरीर एक मिलीमीटर का भी पाँचवाँ भाग है। कोई भी इसे सिर्फ नंगी आँखों से ही देख सकता है। लगभग धूल के कणों की तरह इसके पैरों पर छोटे पंख और छोटी कंघी होती है और वे खुद को पछाड़ने के लिए लगे होते हैं।

यही पूर्णता है।

जामनगर में एक छोटे बच्चे के साथ समुद्र के किनारे मैं सीपियों के खोल जमा कर रहा था। इस बीच मैं जमीन पर निगाहें गड़ाकर देख रहा था और मेरी यह आदत मेरे साथ जिंदगी भर रही। मेरी सोचने की आदत में सुधार लाने में यह जितना सहायक रहा है, वहीं इस कारण मेरी कुछ अजीब सी हरकतें रहीं, जैसे—रास्ते से सिक्के, चाबियाँ, टूटी चूड़ियाँ, मार्बल्स, पेन, क्रॉकरी के टुकड़े, सुंदर से पत्थर, लेडीबर्ड्स, पंख, घोंघे के कवर आदि। मैं उनका इस्तेमाल अपना कमरा सजाने के लिए करता, जिससे मुझे बाहरवाली फीलिंग आती रहे और मेरे लिए यह थोड़ा आश्चर्य से भरा रहा।

इस तरह मेरी यही आदत मुझे मेरी मंजिल से कहीं दूर भी ले जाती और अगर ऐसा है भी, तो क्यों नहीं? इसका सीधा अर्थ यह है कि एक नई और अलग जगह तक पहुँचना और वहाँ ऐसी आवाजें सुनना, जो मैंने पहले कभी नहीं सुनी हैं और मैंने अपनी वॉक वहीं खत्म कर दी, जहाँ उसे होना था। पर मैं हमेशा जमीन की ओर ही नहीं देखता। आगे गड्ढों को देखकर मैं उस साँप की तरह संवेदनशील होकर चलता। मैं समय-समय पर राहगीरों का चेहरा देखता और सोचता कि जैसे वे मुझसे कुछ और कहना चाहते हों!

झाड़ियों या पेड़ों में कोई चिड़िया चहचहा रही होती तो मेरा ध्यान बरबस उस ओर चला जाता या कोई अजीब सा फूल या पेड़ दिखता, खासकर अगर वह किसी ऐसी जगह पर उगता, जैसेकि किसी दीवार की टूटी जगह पर या किसी चिमनी पर या जंग से भरे हुए यार्ड पर। एक बार तो मुझे गुलाब की झाड़ी किसी पुरानी फोर्ड कार की छत पर दिखी।

थोड़ा रुक जाओ और सुनो! कुछ आवाजें ऐसी होती हैं, जो सुनने में अच्छी लगती हैं।

रात में टूटी-फूटी छत पर जब बारिश की बूँदें टपकती हैं तो हमें ये जगा देती हैं, वहीं उस समय वे किसी दूसरे को सोने से रोक नहीं पातीं। फिर एक अच्छी सी आवाज सुनने को मिलती है—जो है बाहर बारिश का शोर और अंदर एक खामोशी।

जब सुबह-सुबह बारिश थम जाती है, तब कुछ और आवाजें भी सुनाई देती हैं, जैसे कौए के पंख से बारिश के पानी की आवाज और फिर वह अजीब तरीके से चिल्लाने लगता है, पर उसमें उदासी भरा कुछ भी नहीं है। बैबलर्स और बुलबुल झाड़ियों से आते-जाते हैं और वे कीड़ों तथा मकोड़ों की खोज में रहते हैं। हिमालय की समधुर व्हिस्लिंग थ्रश, जो सीटी-सी आवाज निकालती है। नमीवाली जगह से कुत्ते भागते हुए आते हैं।

पानी से कुछ अलग ही अच्छी सी आवाजें निकलती हैं। पर्वतों के बीच के झरनों से कुछ अलग ही आवाजें होती हैं। ऐसा लगता है कि वे हमेशा ही जल्दी में होते हैं। लगता है कि चट्टानों में बुलबुले निकालते, बतियाते वे कुछ-न-कुछ बोलते रहते हैं, जैसे—'मुझे देरी हो गई, मुझे देरी हो गई!' जैसे सफेद खरगोश हमेशा परेशानी में ही उछलता रहता है कि कब पहाड़ी की तलहटी में पहुँचेगा? समुद्र की आवाज, खासकर जब वह बहुत दूर हो और जब आप अपने कान में कोई शंख डाल देता है।

या किसी प्यासे बच्चे के गले से पानी पीने की आवाज और वह माजरा भी जब पानी उनकी ठुड्डी और गले के बीच बहता है।

बैलगाड़ी के चक्कों के बीच देहात की सड़कों से निकलती आवाज।

इसके साथ ही टाँके की बीच की क्लिप-क्लॉप और फिर उनके गले में बजती घंटी की आवाज।

पहाड़ों में घंटियों की आवाज : स्कूल की घंटियाँ बजते ही बच्चों की आवाजें खुली खिड़कियों से निकलने लगती हैं। मंदिर की घंटी पूरी घाटी में सुनाई देती है। किसी पहाड़ी औरत के पैरों में चाँदी की भारी पायलों की झुन-झुन सुनाई देती है। पहाड़ों की ओर भेड़ों की घंटियाँ बहुत तेज सुनाई देती हैं।

गोधूलि में बाँसुरी से मधुर और शांत-सी आवाज आती है।

स्टैटिक के माध्यम से शॉर्टवेव रेडियो से उठती-गिरती और दूर होती आवाज सुनाई देती है।

अमीर और प्रसिद्ध लोग पहाड़ों में शांत जगहों पर अपना घर खरीदते हैं। वे यहाँ छोटी-छोटी यात्राओं के लिए अपनी बड़ी-बड़ी कारों में और घुमावदार रोडों पर आते हैं।

कुछ बार तो वे अपने दोस्तों को शहर से आमंत्रित करते हैं और मजेदार पार्टियाँ करते हैं। उन हवाओं में चुप-सी आवाजों में बातें होती हैं और फिर पूरा पहाड़ हँसी से भर जाता है। ठंडी और शांत रातों में एक दूरी से अच्छी आवाजें आती रहती हैं। उनकी पार्टियों में मैं शामिल नहीं होता, पर पड़ोस में खुश लोगों को देखकर मैं खुश हो जाता हूँ।

असल में, मैं झुंड में रहनेवाला व्यक्ति नहीं हूँ। हालाँकि मैं लोगों को पसंद करता हूँ और कभी-कभी तो एकदम अजनबियों को भी अपना दोस्त बना लेता हूँ। मैं अकेलेपन का प्रेमी भी हूँ। हालाँकि जब कोई अकेला होता है, वह तब अच्छा सोचता है। मुझे लोगों के साथ चलने से अच्छा अकेले चलना लगता है। अगर मैं किसी के साथ हूँ तो और किसी गुफ्तगू में तल्लीन हूँ तो कहीं जंगली गुलाबों के बीच लेडीबर्ड मेरा ध्यान यूँ ही खींच लेती है। पर उसकी मौजूदगी का अहसास करने के बाद अगर मैं उसके रूप की प्रशंसा न करूँ तो उस प्राकृतिक चीज की अवज्ञा करने का मुझे भुगतान करना पड़ता है, क्योंकि मैं इसका बहुत छोटा भाग हूँ।

यह किसी व्यक्ति की अपनी शक्ति पर निर्भर करता है कि वह उस सुंदरता को कैसे देखे, क्योंकि वह सब उसकी आंतरिकता पर आधारित होता है। हम जैसे-जैसे इस दुनिया में घूमते जाएँगे, हमें वैसे-वैसे उसकी तुच्छता और स्वार्थीपन दिखेगा। हम जैसे-जैसे अपने अस्तित्व के लिए लड़ेंगे तो बड़ी-बड़ी दृष्टियाँ और आदर्श फीके पड़ जाएँगे। फिर हमें इसके लिए लेडीबड्र्स की जरूरत पड़ेगी। उस छोटे से प्राणी के बारे में सोचकर या वह जिस फूल में आराम कर रही है, वह किसी को तो एक आशा देता है कि ब्याज की दर, डिविडेंड्स, बाजार की ताकत और अपरिमित तकनीक से कहीं ज्यादा जिंदगी की कीमत है। यहाँ हर किसी के लिए एक जगह तो नियत है ही, चाहे वह बड़ा हो या छोटा, आप हो, मैं हूँ या यह लेडीबर्ड हो।

मैं अपनी जिंदगी में अधिकतर एक छोटे से कमरे में रहा हूँ। मुझे हमेशा कम चीजों की जरूरत रही है, ऐसी चीजों की जरूरत रही है, जो हमारे जीवन का एक हिस्सा होती हैं। कभी-कभी हम उन्हें 'हैलो' बोलना भी भूल जाते हैं। एक शीशे का पेपरवेट, एक लाफिंग बुद्धा, एक पुरानी घोड़े की नाल, होकुसाई की ग्रेट वेव, एक सूटकेस, जिसने अच्छे दिन देखे हैं, स्कूल की पुरानी टाई (जो कभी पहनी नहीं है), एक गमले में लगा फर्न, पुरानी एड्रेस बुक (जो आज किसी काम की नहीं है, खासकर कुछ पचास साल बाद), पर मैं अभी भी उसे वैसे ही रखता हूँ।

हर कुछ वस्तु नहीं होती। मेरे पास मेरा अपना एक पालतू टमाटर का पौधा था, जो मेरे रोशनी से भरे कमरे में बहुत अच्छा कर रहा था। मेरे पुराने कनस्तर में जेरेनियम्स थे। मेरे पास 'सूजी' थी, जो बहुत स्वतंत्र दिमागवाली बिल्ली थी।

आज मुझे वह चूहा याद आया, जिसने लंदन में मेरा छोटा सा कमरा शेयर किया था, खासकर जब मैं सत्रह साल का था और मैं अपने घर में ही था। लंदन में पहले के महीनों में मैं अकेला था, खासकर मेरे जैसे चुपचाप रहनेवाले आदमी के लिए, जो दिन के समय काम पर जाता था और देर शाम को ठंड में खाली कमरे में आता। सुबह के समय मैं जल्दी-जल्दी में अपने लिए नाश्ता बनाता और रात में मैं अपने लिए चीज या हेम सैंडविच बनाता। उस समय मैंने यह नोटिस किया कि छोटा सा चूहा मुझे पुस्तकों के पीछे से देख रहा था, जो मैंने फर्श पर बिछा रखी थीं, क्योंकि वहाँ कोई बुकशेल्फ नहीं था। मैंने उसकी तरफ ब्रेड के कुछ टुकड़े डाले और फिर वह चीज के टुकड़ों के साथ अपना भोजन करने लगा। उसके बाद, वह हर शाम खुद

को मेरे सामने प्रस्तुत करता और अब मेरा कमरा खाली और अकेला नहीं था, जैसाकि पहले था, जब मैं वहाँ आया था। वह एक छोटा सा चूहा था, जो कभी-कभार मुझसे बात करता था। उसकी छोटी तेज मूँछें मुझे यह याद दिलाती थीं कि डिनर का समय हो गया है।

कुछ महीनों के बाद जब मैं लंदन के दूसरे भाग में चला गया तो मेरे पीछे वह मोटा-छोटा सा चूहा छूट गया।

*"रास्ते पर अच्छा सा साथ कहता है, यह है सबसे छोटा रास्ता।"*

**—ओलिवर गोल्डस्मिथ**

*पिछली रात, आँखों में नींद नहीं थी*
*उस अँधेरी गरम रात में*
*जब खुली खिड़की ठंडी हवा को आमंत्रण दे रही,*
*अचानक एक जुगनू, कमरे के चक्कर लगाने लगा,*
*मुझ पर चमकने लगा, तो कभी फर्श या कभी दीवार पर,*
*कभी छत पर, एक जगह ठहरा नहीं*
*और हर जगह को वह जगमगाता रहा,*
*एक दोस्ताना मौजूदगी देता और एक ठहरी हुई*
*उदासी को दूर कर दिन का संताप हरता*

*फिर जब वह चला गया,*
*मैंने तब भी खिड़की खुली रखी,*
*क्या पता वह फिर से वापस आ जाए!*

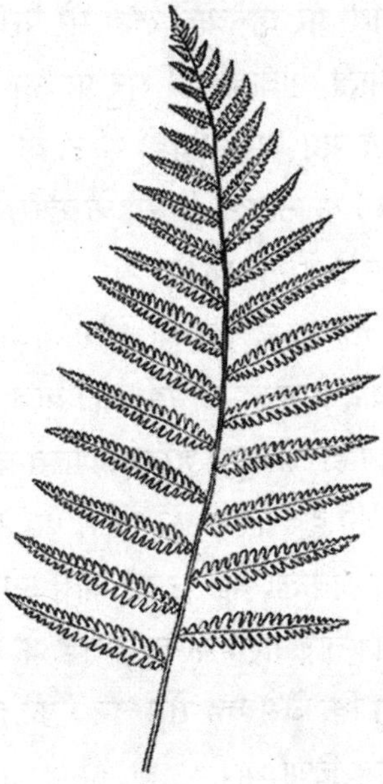

मैं टिहरी रोड से थोड़ा नीचे घूमकर आया था और लंढोर बाजार (Landour Bazaar) तक आते-आते काफी देर हो गई थी। पहाड़ों पर लाइट चमकने लगी थी, पर दुकानों के आगे के भागों में शटर लग चुका था और सँकरे रास्ते शांत थे। वह एक सर्द रात थी। खिड़की और दरवाजे बंद थे। सड़क के दोनों किनारों पर रहनेवाले लोग मेरे पैरों की आवाज सुन सकते थे और मैं भी वहाँ से आती आवाजों को सुन पा रहा था, ट्रांजिस्टर रेडियो से निकलता संगीत सुनाई दे रहा था (पहाड़ों में टी.वी. आने से पहले की यह कहानी है), साथ ही हँसी के ठहाके, किसी के खाँसने और अँधेरे में कराहने की आवाज भी साफ सुनाई दे रही थी।

तीन-चौथाई चाँद दिखाई दे रहा था और बाजार के टिन की छत, जो ओस से भीगी हुई थी, चाँदनी में चमक रही थी। बाजार में रोशनी नहीं थी, पर मुझे टॉर्च की भी जरूरत नहीं थी। मुझे हर एक रास्ते का पता था। गटर में पड़े हुए फालतू से अखबार की हेडलाइंस को भी मैं पढ़ सकता था।

हालाँकि मैं रोड पर अकेला था, पर मेरे चारों ओर जैसी जिंदगी चल रही थी, मुझे उसका पता था। तीन गली के कुत्ते रोड के बीच में गलबहियाँ कर रहे थे। ऐसा लग रहा था कि जैसे वह रोड उन्हीं की हो और उन्होंने खुद को इस आवारापन में ही छोड़ दिया था।

रिक्शे का स्टैंड खाली पड़ा था। हमारा रिक्शा लोगों का ध्यान इसलिए आकर्षित करता है, क्योंकि वह अभी भी गेंदे के फूलों से सजा है और उसमें से अधिकांशत: अभी भी ताजे हैं।

एक सियार रोड के किनारे पड़ा हुआ था और वह दाएँ-बाएँ देखता कि वहाँ से कुत्ते चले गए हैं अथवा नहीं? वहीं एक मैदान में चूहा एक सड़े हुए

तख्त के छेद से होता हुआ अनाज एवं दालों की बोरियों के बीच घुस जाता है।

जब मैं खाली सड़क में आगे क्लॉक टावर की छाया के नीचे से जा रहा था तो मुझे एक लड़का छुट्टी के समय मिला, जो अपने कंधे पर शॉल लपेटे हुए था। वह जगा हुआ था और ठंड में कँपकँपा रहा था।

मैं सिर नीचे करके चलता रहा और मेरे दिमाग में मेरे छोटे से कॉटेज के कमरे की गरमाहट मौजूद थी, जो वहाँ से करीब एक मील दूर था। फिर मैं वहाँ अचानक रुक गया। ऐसा लग रहा था कि किसी चाँदनी रात ने मुझे रोक लिया हो और मेरी छाया को अपना गुलाम बना लिया हो! मैं कोई निर्णय नहीं ले पा रहा था, पर मैं उस तरफ पीछे की ओर चला जा रहा था, जहाँ वह लड़का कँपकँपा रहा था। उसने कुछ भी नहीं कहा, पर वह मेरी तरफ देख रहा था, घबराया और सशंकित। मेरे सारे शुभचिंतकों की चेतावनियाँ मेरे आजू-बाजू घूम रही थीं, जैसे—रात के समय में हादसे, मारने के, डकैती के और ब्लैकमेलिंग के।

एक बात तो है, हम सभी अपने डरों में और अपने अकेलेपन में एक जैसे ही हैं। मैं उसके चेहरे से बता सकता था कि वह टिहरी से थोड़ा दूर से ही आता था। वह यहाँ काम की खोज में ही आया था और वह अभी भी काम ही देख रहा था।

मैंने उससे पूछा कि 'तुम्हें कहीं रुकना है?' उसने अपना सिर हिलाया, पर मेरी आवाज ने उसे थोड़ा विश्वास दिया, क्योंकि आशा की एक झलक दिख रही थी और उसकी आँखों में दोस्ती का अहसास भी दिख रहा था।

मैंने अपने आप से एक वादा किया था। मैं वहाँ से जा नहीं सकता था। एक रात रुकने के लिए जगह देना, यही कोई एक व्यक्ति किसी दूसरे से आशा कर सकता था।

'अगर तुम मेरे साथ चलोगे तो मैं तुम्हें सोने के लिए एक बिस्तर और कंबल दे सकता हूँ।'

वह तुरंत उठ गया—एक पतला सा लड़का, जो सिर्फ एक शर्ट और साथ में सेना का एक पुराना सा ट्रैकसूट पहने हुए था। वह बिना किसी

परेशानी के मेरे पीछे-पीछे आ रहा था। अब मैं उसका विश्वास तोड़ नहीं सकता था और न ही साथ में उस पर अविश्वास कर सकता था।

अब उस चाँदनी से भरे सोते बाजार में दो चीजें थीं। मैंने लंबे और हिलते लकड़ी के घरों को जब ऊपर सिर उठाकर देखा तो वे परिवारों से भरे थे। वे सब प्यार और साथ-के-साथ एक-दूसरे पर गिरे से जा रहे थे।

वह लड़का मेरे बगल में चुपचाप खड़ा था। जल्दी ही हम बाजार से बाहर निकलनेवाले थे और फुटपाथ पर थे। पर्वत हमारे ऊपर था। एक लोमड़ी हमारे रास्ते से गई और रात की चिड़ियों की आवाज आ रही थी। हालाँकि जंगल के किसी भी प्राणी ने हमें नुकसान नहीं पहुँचाया था, पर मुझे खुशी थी कि मेरे पास एक साथी था।

जेरेनियम्स एक अच्छे साथी हैं। मैं एक जेरेनियम के साथ ध्यान लगा सकता हूँ। इसके साथ ही, मैं उनमें से एक को देखते हुए अब पूरा समय उस पर लगा सकता हूँ। जैसाकि मैं जेरेनियम्स के फूलों को अपने धूपवाले बेडरूम में लेकर आता, चाहे वह गरमी हो या सर्दी, तो मेरे पास उसे लाने के बहुत सारे अवसर होते।

दराजों के ऊपर रखे पुराने प्लास्टिक के डिब्बे को, जो सुबह उगते हुए सूरज की ओर मुँह करके मैंने रखा था और उस पर मैंने जो जेरेनियम उगाया था, वह बहुत अच्छे से खिला था। हवा और बारिश से बचाकर इस सुंदर से पौधे ने कम-से-कम आठ फूलों के गुच्छों से कम फूल नहीं दिए होंगे, जो हलके गुलाबी रंग के थे। उसके अन्य रंग थे—सेल्मन पिंक, सेराइज या एकदम आग लगाता लाल। पर हलका सा गुलाबी बहुत ही आरामदायक और अपना-सा रंग लगता है। अपने बिस्तर या मेज से उन्हें देखकर आपको अच्छे विचार आने लगेंगे। उनके बारे में मेरे मन में भी कुछ विचार हैं।

पर आजकल ध्यान लगाना एक फैशन हो गया है, लोग ध्यान लगाने के और इसे सीखने के कोर्स करने लगे हैं, जबकि मुझे अभी किसी ऐसे एक से मिलना है, जो इस चिंतन/ध्यान का किसी प्रकार का कोर्स कर रहा हो। मुझे ऐसा लगता है कि ध्यान एक ऐसी चीज है, जो आप जानबूझकर करते हैं (इसके लिए अभ्यास की जरूरत होती है) और ध्यान एक ऐसी चीज है, जो अपने आप आती है।

जब हम ध्यान करते हैं तो हम भीतर देखते हैं और आशा करते हैं कि अपने भीतर कुछ पा सकें। जब मैं किसी फूल को देखता हूँ तो बिना कुछ सोचे उसके बनने के जादू की ओर देखता हूँ। इसलिए मैं सोचता हूँ कि किसी चीज का सही बैलेंस पाने के लिए हमें थोड़ी और कोशिश करनी चाहिए।

हम सबकी जिंदगी में ऐसी कुछ यादें होती हैं, जिनसे हमें डर लगता है और हम सब उससे भागते रहते हैं। पर हम अपनी यादों में अप्रत्याशित तरीकों से थोड़ा सुकून भी पाते हैं, क्योंकि हमें अपने भूतकाल से कुछ बिन बुलाई छवियाँ भी मिल जाती हैं।

1950 में जब मैं लंदन में एक युवक की तरह रह रहा था तो मुझे घर की याद आती थी, मेरी हालत बहुत खराब थी। अपने हिमालय से हजारों मील दूर समुंदर, मैदान और रेगिस्तान से दूर रह रहा था। फिर एक सुबह उस उदासी भरे लंदन में कोहरे ने पहाड़ का रूप ले लिया और हवा ने ट्रैफिक की आवाज़ का रूप ले लिया और हू-हू करके जोर-जोर से चलने लगी और लंबे देवदार के पेड़ों से हवाएँ जोर-जोर से चलने लगीं।

मेरे लड़कपन में मैं जब किसी एक पहाड़ी के रास्ते से निकला था तो मुझे अपने बिना रुके पैर याद हैं, जो ओक और रोहोडोडेनड्रोन के ठंडे जंगलों से निकलकर किसी नंगे पहाड़ों की ओर जाते, जहाँ तेजी से हवा चल रही थी। उस पहाड़ी का नाम 'क्लाउड्स एंड' था। उसके एक ओर मैदानी इलाकों का एक दृश्य आता और दूसरी ओर बर्फ से भरी हुई पहाड़ी का। पहाड़ी के ठीक नीचे छोटी सी सफेद (चाँदीनुमा) नदी बहती, जहाँ धान के खेत में उगी हरियाली ऐसी लगती, जैसे पन्ना की खेती की हुई हो।

बारिश के समय बादल पूरी घाटी को घेर लेते, पर पहाड़ों को अकेला कर देते, यह आकाश में एक द्वीप की तरह हो जाता। वहाँ चट्टानों में जंगली पौधे हो जाते और साथ ही बहुत सारे फूल भी वहाँ होते, जैसे—कोनवोवुलस, क्लोवर, जंगली बेगोनिया, डेंडेलियन, जो पहाड़ों के चारों ओर खिलते रहते।

पहाड़ों के ऊपर टूटी-फूटी शराब की एक भट्ठी थी। उस भट्ठी की

छत काफी समय से गायब थी और बारिश के कारण उसका फर्श फिसलन भरा और पीला हो चुका था। वहाँ कुछ कर-गुजरने की क्षमतावाले अंग्रेजों ने पूरी जिंदगी मैदानों से आनेवाले अपने जैसे देशवासियों के लिए बियर की भट्ठी खोल रखी थी। अब उसकी दीवार पर काई और फर्न्स उग रहे थे। वहाँ जानेवाली सीढ़ियों के नीचे एक खोखली जगह पर जंगली बिल्ली ने अपना घर बना रखा था। वह बिल्ली ग्रे रंग की जानवर थी, जिसके शरीर में काली पट्टियाँ थीं और उसकी हलकी पीली एवं हरे रंग की आँखें थीं। वह कभी दीवारों से या कभी सीढ़ियों से मुझे देखती, पर वह कभी भी मेरे पास नहीं आई।

एक अस्थायी घास-फूस की झोंपड़ी में कोयले के बर्नर के अलावा कोई भी पहाड़ी में कभी नहीं रहा। पर गाँववाले उसे रास्ते से जाते थे, वे अपनी भेड़ और जानवरों को घास के टीले से ले जाते, जो वहाँ से चरते हुए निकलते थे। हर गाय या भेड़ की गरदन में घंटी बँधी होती, जिससे कि चरवाहे के बच्चे को पता हो कि वे कहाँ हैं! फिर वह बच्चा धूप में लेट जाता और फिर जंगली स्ट्रॉबेरी खाता और उसे अपने जानवरों के खोने की चिंता भी नहीं होती।

मुझे कुछ चरवाहे लड़के-लड़कियाँ याद हैं।

एक लड़का था, जो बाँसुरी बजाता था। उसके बेढंगे, मधुर व सीधे लगनेवाले सुर पहाड़ी की हवाओं में कई मीलों तक सुने जा सकते थे। वह सिर्फ सिर झुकाकर लोगों से मिलता, वह होंठों से नहीं, अपनी बाँसुरी के जरिए ही बात करता। वहाँ आसपास ही एक लड़की रहती थी, जो चारे के लिए घास काटा करती थी। वह अपने पैरों में मोटी पाजेब-सी पहने रहती, जो किसी कंगन की तरह लगती और उसके कानों के कुंडल लंबे चाँदी के थे। वह भी कुछ ज्यादा नहीं बोलती, पर जब भी वह मुझे उस रास्ते पर मिलती तो उसके चेहरे पर एक लंबी सी मुसकान रहती। वह अपने आप में गाना गाती रहती, या तो उसके हाथ में भेड़ होती या घास होती या दराँती ही होती।

वहीं एक और लड़का मिलता, जो हमेशा नगर में दूध बेचने के लिए जाता (जो करीब पाँच मील की दूरी पर था), वह भी मुझे मिल जाता। वह

कभी भी पहाड़ियों से दूर नहीं रहा। उसने कभी भी ट्रेन नहीं देखी थी। मैंने उसे शहर के बारे में बताया था (और यह भी कि मेरे बाल काले क्यों नहीं है) और वह मुझे अपने गाँव के बारे में बताया करता—वे लोग मक्के की रोटी कैसे बनाते हैं, कैसे पहाड़ के झरने से मछली पकड़ी जाती और कैसे भालू उसके पापा का कद्दू चुराने आ गए थे।

लंदन में एक व्यस्त ट्यूब ट्रेन स्टेशन को क्रॉस करते समय मुझे चीड़ की खुशबू, ओक के पत्तों का चाँदी-सा रंग, हिमालयन कूकू की आवाज, धुंध, जैसेकि किसी ने गीले कपड़े से मुँह पोंछ दिया हो। जब मैं गुड्ज स्ट्रीट और टोटेनहेम कोर्ट के बीच भीड़-भाड़वाली ट्यूब ट्रेन से जा रहा था तो मेरी नजर किसी और व्यक्ति के अखबार के पिछले पन्ने पर पड़ गई। मुझे ऐसा लग रहा था कि जैसे कोई एक भालू पके कद्दू के साथ कुछ कर रहा हो और मैं हजारों मील दूर समुंदर, मैदान और रेगिस्तान पार कर अपने घर पहुँच गया हूँ!

भूटानी ज्ञान की एक पुस्तक पढ़ने के बाद, मैं थोड़ा इस निष्कर्ष पर पहुँचा कि 'ठंडा मौसम इस बात की परवाह नहीं करता कि तुम्हारा कोट नया है या पुराना!'

मेरे कामुक स्वभाव को देखते हुए मैं स्वयं को भाग्यशाली मानता हूँ कि मैं यातना को झेलने से बचा हुआ हूँ। यह स्वभाव-स्वभाव की बात है, मैं इसी तरह के स्वभाव का हूँ, मैं ऐसी ही तरह से पैदा हुआ हूँ, मैं इसके लिए किसी भी तरह का क्रेडिट नहीं ले सकता।

मैं तब सत्रह साल का था, तब से अपने में ही रह रहा था। देहरादून में एक छोटी सी बरसाती थी। वहाँ एक बिस्तर, मेज और एक कुरसी (खिड़की की तरफ) थी और बस, इतना ही उस कमरे में पड़ा हुआ था। मुझे भी बस, इतना ही चाहिए था—एक लेखक की इतनी ही जरूरत थी। साठ साल के बाद आज भी मेरे कमरे में बस इतना ही फर्निशिंग थी—सिर्फ मेज थोड़ी बड़ी हो गई है, मेरे पेपर और पांडुलिपियों को सहेजने के लिए; बिस्तर थोड़ा आरामदायक था; और नीचे जमीन में दरी थी। चूँकि मेरी पुस्तकों के लिए एक अलग-सा कमरा था तो मेरे लिए यह एक बहुत बड़ी बात थी।

हाँ, मेरा पूरा घर काफी बड़ा हो गया था, क्योंकि मेरा गोद लिया हुआ परिवार भी बढ़ गया था। डाइनिंग रूम में एक टी.वी. सेट आ गया था, रसोई में एक फ्रिज आ गया था। कुछ साल पहले हमने पाया कि हमने एक कार खरीदने के लिए काफी पैसे जमा कर लिये थे।

किसी अनवांछित वस्तु को पाने हेतु उस पर ध्यान न देकर हम उसे पा सकते हैं। लाओ त्जू के अनुसार—'दुनिया और उसके भीतर की सारी चीजों को खोकर ही हम उसे पाने की कोशिश कर सकते हैं।'

*"पैसे की अकसर बहुत ज्यादा कीमत होती है।"*

**—राल्फ वाल्डो इमर्सन**

अगर आपके पास कुछ नहीं है तो आप बहुत अमीर हैं। पैसों से लोग कभी खुश नहीं होते हैं।

पर गरीबी से भी आप खुश नहीं होते।

इसलिए जो बात गुप्त है, वह यह है कि उतना ही रखिए, जितने की जरूरत है या उससे थोड़ा ज्यादा और फिर आपके पास जो भी है, उसे बाँट दीजिए।

सेनेका के कहा था, 'मैं जिंदगी के मजे लेता हूँ, क्योंकि मैं छोड़ देने के लिए तैयार रहता हूँ।' अगर हम स्वयं को दुनिया की अधिकांश चीजों से मुक्त रखते हैं तो हमें अपने पीछे चीजें छोड़ने में कोई मुश्किल नहीं होगी।

दुनिया का एक सबसे बड़ा सुख स्वतंत्र होने में है। यह वैसे ही है, जैसे एक पौधे को बढ़ते हुए देखना—उसे बीज से पनपते हुए, हरे पौधे से शाखा में तब्दील होना, फूल से फल होना।

हममें से कई बगीचों को पसंद करते हैं। मेरे पास कभी भी इतनी जगह नहीं रही है, जहाँ पर मेरे पास एक सही-सा अपना बगीचा रहा हो। मेरे पास एक खाली सी जमीन पर अपना एक टुकड़ा था, वह 1960 का था, जहाँ मैं एक पुराने-से कॉटेज में रहता था, जो मसूरी के बाहरी इलाके में था। चाहे वह पहाड़ी टीले से कुछ स्क्वायर फीट दूर था—मैं सिर्फ वहाँ पर डेजी ही उगा पाया—हो सकता है कि वह वहाँ खुद ही उग गए हों। हालाँकि, गरमी में इस कारण पहाड़ियों में एक खूबसूरत सा समाँ बँध गया था, खासकर पूर्णिमा की रात में वहाँ ये फूल बहुत ही खूबसूरत दिखाए देने लगते थे।

अब से बहुत सालों के बाद, मुझे एक नया निवास मिलेगा, कभी उन डिब्बीनुमा इमारतों में मुझे ऊपर के फ्लोर में रहना पड़ेगा, जहाँ बगीचे के लिए कोई जगह नहीं होगी। उसके साथ वहाँ आँख खोलनेवाले क्रेक होंगे, जहाँ जंगली सोरेल, डेंडेलियंस, धतूरे एवं शिशुण के पौधे हो जाते और कभी एक छोटा सा पीपल का पौधा वहाँ जड़ें जमा लेता। आप उसे एक जंगली दीवारनुमा बगीचा कह सकते हैं और यह देखने में बहुत आकर्षक लगता है।

*"अपने बगीचे को सजाएँ।"*

**—वोल्टेयर**

मुझे यह कहने में थोड़ा भी गुरेज नहीं होगा कि एक बगीचा हमारी हर समस्या का समाधान है, पर जानने में कितना अजीब लगेगा कि एक धरती को थोड़ा सा खोदकर और उससे थोड़ी बातचीत करके हम उसे पुन: सक्रिय कर सकते हैं, जब हम सुस्त हो जाते हैं।

अपने मौजूदा घर में, जहाँ मेरे पास बगीचे के लिए कोई जगह नहीं है, जैसाकि मैंने एक बार कहा कि मेरे पास बगीचे में थोड़ी सी जगह है, वहाँ मैंने डेजी उगा रखे थे। अगर मैं किसी कहानी या निबंध के बीच में फँस जाता तो मैं पहाड़ी के अपने उस बगीचे की ओर जाता तो पौधे को ट्रांसप्लांट (प्रत्यारोपण करने) या उसकी गुड़ाई करने या मृत फूलों को तोड़ने में लग जाता या बिना कोई समय गँवाए मैं इस काम में लग जाता कि कैसे एक रुकी हुई कहानी को आगे बढ़ाएँ या रुकी कविता को लिखूँ या निबंध को पूरा करूँ!

सभी माली लेखक नहीं होते, पर गेंदे और रात की रानी फूलों की अच्छाई से कोई-कोई लेखक लाभान्वित भी नहीं होते। बलदेव, जो दिल्ली में बड़े से बिजनेस कॉरपोरेशन के प्रमुख हैं, ने मुझे बताया कि वे तब तक अपने ऑफिस जाने की परिकल्पना भी नहीं कर सकते, अगर वे आधा घंटा अपने बगीचे में बिता नहीं लेते। अगर आप अपने दिन की शुरुआत ऐंटिरिनम्स (antirrhinums) में ओस गिरे देख लें तो वे कहते हैं कि कितनी भी मुश्किल भरी मीटिंग हो, वह आसानी से पार की जा सकती है।

या एने पोवेल को देख लीजिए, जो एक समय में मसूरी में मेरी पड़ोसी थीं, जो नब्बे की उम्र में भी हर सुबह उठकर अपने बगीचे में थोड़ा पानी डालतीं। अपने हाथों से पानी देने से एक बात तो है कि अपने तरीके से एक फूल से दूसरे फूल की क्यारियों में पानी देने से उस पौधे की रंगत निखर जाती है। वे कहती थीं कि फूल-पत्तियों में साफ पानी के छींटे देखकर उन्हें हर दिन जिंदगी में एक नई रंगत दिखती है।

बगीचों को देखकर मुझे अपने कुछ ऐसे दोस्त याद आ गए, जो मेरे बचपन से दोस्त थे। उसका नाम दुखी था और वह देहरादून में मेरे दादाजी के घर के बगीचे में काम करता था। उस बड़े से बगीचे में समय का कुछ पता नहीं चलता था, पर दुखी कभी भी जल्दी में नहीं रहता था। उसके लिए जिंदगी एक साल से अगले साल की नहीं, वह पाँचों मौसमों—सर्दी, बसंत, गरम, मानसून व पतझड़ की थी—जो आती और जाती रहती थी। उसके बीजों के खेत हर आने-जानेवाले मौसम के लिए तैयार बने रहते और अगले मानसून के अलावा वह कुछ और प्रतीक्षा नहीं करता। उसकी उम्र के बारे में कहना बहुत मुश्किल था। वह अपने साथ के लोगों के बीच या तो बहुत जवान था या फिर उनके बीच में बहुत बूढ़ा था।

दुखी को चटकीले रंग पसंद थे, खासकर लाल और पीले। उसे तेज सुगंध वाले फूल पसंद थे, जैसे—जैस्मिन और हनीसकल। उसे मेरी दादी की पसंद के फूल समझ में ही नहीं आते थे, जिनसे हलकी खुशबू आती थी, जैसे—पिटुनिआ और स्वीटपीज। पर मुझे दुखी की तरह चटकीले नारंगी रंग के गेंदे के फूल पसंद थे। जब बगीचे में कोई भी फूल नहीं होते तो गेंदे तब भी होते, जो एक जैसे और आकर्षक होते, वे सूरज को भी चुनौती देते।

दुखी को फूलों का गुच्छा तैयार करने का बहुत शौक था और मुझे उन्हें वह बनाते हुए देखना अच्छा लगता। उसमें सूरजमुखी का फूल सबसे बीच में होता। उसके पास गुलाब, गेंदे और ओलिएंडर के फूल होते, जिसके चारों ओर हरी पत्तियाँ होतीं और वह सिल्वर धागे से आपस में बँधा होता। क्या दुखी सच में दुःखी था अर्थात् उदास? अगर वह दुःखी भी था तो उस बगीचे के कारण वह चल रहा था।

मेरे बिस्तर के नीचे एक सूटकेस है, जिसमें मैं पुरानी पांडुलिपियाँ, फोटोग्राफ, मैगजीन और सालों पहले के ग्रीटिंग कार्ड सँभालकर रखता हूँ और मैं उन्हें कभी फेंकता नहीं हूँ। जब भी मुझे सुकून चाहिए होता है या किसी प्रकार से मन बहलाना होता है तो मैं इसी खजाने के पास जाता हूँ, उसमें मेरे पुराने दोस्त भी शामिल हैं। इसके साथ ही वह सूटकेस आज भी मेरे पास है। जर्सी में एक घर में मैंने यह खरीदा था और वापस भारत आने के बाद इसने मेरा बहुत साथ दिया। मेरी तरह यह भी अब थोड़ा पस्त हो गया है, पर वह अभी भी काम कर रहा है।

चीजों को सिर्फ फेंकने से कुछ नहीं होता—बिना किसी बात के जिंदगी में चीजों को जमा करने से भी कुछ नहीं होता। आपकी जिंदगी में जो भी चीजें अच्छी और ईमानदार हैं, उन्हें सँभालकर रख लेना चाहिए। आपका जानकार विश्वासी व्यक्ति जानता है कि साथ में कैसे रहा जाए, अपने लिए खुद जगह बना ले और हमें अपनी जगह दे दे, इससे हम भीड़-भाड़ से बच जाएँ और इससे हमें अपूर्ण महसूस नहीं होगा।

मार्क ट्वैन ने लिखा, 'हमेशा सच बोलो, फिर आपको किसी और चीज को याद करने की जरूरत नहीं होगी।'

मैंने हमेशा यह नहीं किया। इसलिए यह सच्चाई है। हममें से अधिकांश लोग असफल हो जाते हैं और हमें इसकी क़ीमत चुकानी होती है—हर एक झूठ के साथ हम अपने दिमाग की शांति को कुछ खोते हैं, क्योंकि हम सिर्फ एक बार ही झूठ नहीं बोलते और एक झूठ दसियों झूठ को जन्म देता है। इस तरीके से यह बात बहुत सच्ची लगती है, फिर सच की तरह हमें कोई चीज स्वतंत्र नहीं करती। सच्चाई की जिंदगी इसके बिना संभव नहीं है।

ऐसा माफी और जाने देने से भी हो जाता है। हम अपनी जिंदगी को दुःख, चोट, पछतावे से भर देते हैं और फिर हम कभी खुद को माफ नहीं कर पाते।

एक स्थानीय गिरोह का बंदा, जो कई बार जेल जा चुका था, मुझे रोड पर मिला और मेरी प्रशंसा करने लगा कि मैं हमेशा मुसकराता रहता हूँ। मैं उसके इस तरह से देखने के कारण उसके लिए अच्छे से सोच पाता हूँ।

फिर दिन के समय एक महिला ने मुझे फोन किया, जिसने मेरे पास कविताओं की एक छोटी सी पुस्तक भेजी थी, जो उन्होंने स्वयं प्रकाशित करवाई थी। मैंने उन्हें बताया कि वे कविताएँ काफी अच्छी हैं।

अगर सच बोलकर कोई किसी को खुश कर सकता है, तो क्यों न उनसे झूठ बोला जाए!

फिर वही शाम हो रही थी। मैंने रम और सोडा साथ में रखा और अपनी पसंदीदा पुस्तक साथ में रखी थी, जिसका नाम था—'द एंथोलॉजी फॉर ऑप्टिमिस्ट्स', जो 'द मॉर्निंग न्यूजपेपर' में 1932 में छपी थी।

पर यह ट्रिवेट क्या है, यह कोई अज्ञानी ही पूछ सकता है। तो ट्रिवेट एक छोटा सा स्टैंड होता है, जिसमें कोई छोटा सा पॉट या केतली रखी जाती है और फिर उसे एक जाली के ऊपर रखा जाता है। ट्रिवेट की तरह सही होना अर्थात् पूरा सही होना, ऐसी बातें पुस्तकों में लिखी जाती हैं, जिन्हें बाद में सत्रहवीं सदी के कई आकर्षक वुडकट्स के द्वारा जिंदा किया जा सकता है, जैसे मोमबत्ती की लौ पर मँडराते पतंगे का चित्रण—'मैं खुद को चोट पहुँचाता हूँ', पर ये कहावतें अधिकांशतः बढ़ावा देनेवाली ही होती हैं, जैसे इमरसन की, कि 'किसी सफल व्यक्ति के साथ रिश्ता रखकर खुद सफल हो जाओ' या एक वेस्ट इंडियन कहावत, 'हर दिन क्रिसमस नहीं होता और हर दिन बरसात नहीं होती।'

ट्रिवेट्स को लेकर मैं खुशी के साथ यह कह सकता हूँ कि उतनी छोटी सी जगह में मेरे पास कितना जमा हुआ ज्ञान है, जैसे—किसी कीड़े से उसकी सुंदरता का अलग होना! इससे मुझे उस ऊबड़-खाबड़ बिल्डिंग को भूलने में मदद मिलती है, जिसमें मैं रहता हूँ और वहाँ से मैं बादलों के बदलते हुए आकारों को अपने बेडरूम की खिड़की से देखता हूँ। बादलों के बदले हुए आकार कभी भी खत्म नहीं होते या वे कहानियाँ, जो वे मेरे सिर पर बनाते हैं। सुंदरता और संपूर्णता पाने के लिए हमें पूरी दुनिया को घेरे रखना नहीं होगा।

अधिकांश जिंदगियाँ दिमाग में जी जाती हैं। मेरे ट्रिवेट से मैं एक अज्ञात साधु को उद्धृत करना चाहता हूँ—'यह दुनिया सिर्फ मनुष्य के मस्तिष्क के बराबर है।'

बादलों की गरज और तेज हवाओं के थपेड़ों से तापमान कम हो गया था। वह कल की बात थी। आज बहुत बादल हैं, ठंडा है, थोड़ी-मोड़ी बूँदा-बाँदी हो रही है और मानसूनी मौसम है, पर अभी मानसून आने में बहुत देर थी।

पक्षी भी ठंडे मौसम के मजे ले रहे थे। हरी पीठवाले पक्षी बारिश के पानी के पूल में बैठकर ठंड के मजे ले रहे थे। वहाँ एक बड़ा सा कौआ उड़कर ऐसे पास आया, जैसेकि तीर नीचे आ गया हो। इनके डैने ड्रैगनफ्लाई की तरह खुल और बंद हो रहे थे। मैना को कौओं के पंख मिल रहे थे और वह उसे उठाकर एक घर में अपना घोंसला बना रही थी। मैं अभी भी विंडो सीट पर बैठा हुआ था और पक्षी अभी भी छज्जे पर बैठे थे और वह मेरे सिर के कुछ इंच ऊपर बैठी हुई थी। उसने उड़ने से पहले एक मरे-से मोथ को खा लिया था।

शाम के समय मैं खिड़की पर बैठा था और हवा को सुन रहा था और मैपल के पत्तों की बातों को सुन रहा था। बड़े से कौए के पंख की तेज आवाज आ रही थी, क्योंकि वह रात में पेड़ों से होकर जा रहा था। पर एक बड़े से चमगादड़ के लिए अब काम करने का समय हो गया था, क्योंकि वह पेड़ से अंदर-बाहर आ रहा था। आकाश में अभी इतना प्रकाश तो था कि मैं उस ऊँचे से पेड़ के घेरे से चमगादड़ को आते-जाते देख पा रहा था। कोई रोड पर जा रहा था और सीटी बजाकर पुराने गाने बजा रहा था।

मुझे अभी कुछ काम करने थे, पर मुझे लगता है कि मैं यहाँ थोड़ी देर और बैठूँगा।

पिछली बारिश में मेरा छोटा सा स्टोर रूम गिर गया था और मुझे पिछले तीन या चार पहले छोड़े गए पैकिंग केस को बाहर निकालने के लिए बाध्य किया गया। उसके सामान पानी में पूरी तरह से भीग गए थे और उनमें से अधिकांश को बाहर फेंकना पड़ गया था—जिसमें पुरानी पांडुलिपियाँ थीं, जिनका नामोनिशान खत्म था, उनके नेगेटिव्स आपस में चिपक चुके थे, ग्रामोफोन रिकॉड्‌र्स ने कुछ अजीबोगरीब आकार ले लिया था (प्यारे इंक स्पॉट्स, मैं तुम्हें फिर से कैसे सुन पाऊँगा?)… अधिकांश लेखकों की तरह मेरे पास उन कामों को फेंकने का कोई मलाल नहीं था, जो कभी बाहर ही नहीं आया और मुझे पक्का विश्वास है कि ऐसे कुछ क्रिटिक हैं, जो यह चाहेंगे कि मैं ज्यादा-से-ज्यादा चीजें फेंकूँ! संवेदनात्मक रूप से यह बहुत बकवास है और इसमें कोई शक नहीं है। हालाँकि हम सबको एक साथ खुश नहीं कर सकते और हम हमेशा के लिए किसी चीज को सँभालकर भी नहीं रख सकते। समय और वस्तु एक समय के बाद बदल जाती हैं। इसलिए किसी वस्तु को समय पर छोड़ देना कोई बुरी बात नहीं है।

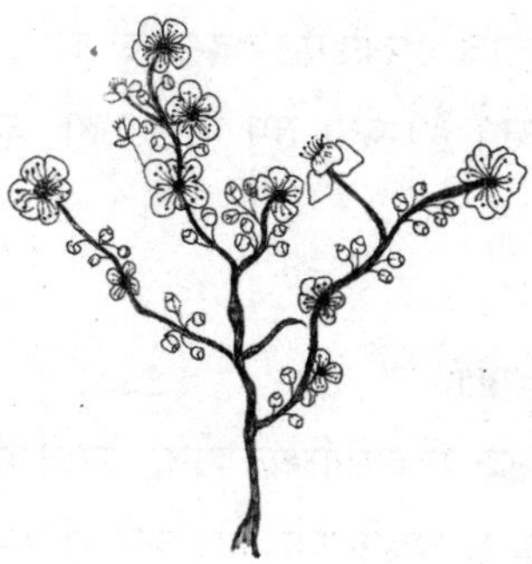

बहुत पुरानी यादें। ऊला...

वह बहुत ताजगी और उत्साह के साथ उठी। सूरज खिड़की से झाँककर देख रहा था और वह गरमाहट के साथ जिमनास्ट की अवस्था में नग्न खड़ी थी। मैंने स्वयं को नाश्ते में व्यस्त कर रखा था। ऊला ने तीन अंडे और बहुत सारा बैकन खाया और दो कप कॉफी पी ली।

अपनी चमकती नीली आँखों से उसने पूछा, 'और आज हम क्या करेंगे?' उसकी बर्मी बिल्ली की तरह चमकती नीली आँखें थीं।

मैंने कहा, 'मुझे आज एंप्लॉइमेंट एक्सचेंज जाना है।'

'पर यह गलत बात है। क्या तुम कल नहीं जा सकते, जब मैं चली जाऊँ?'

'अगर तुम चाहो!'

'मैं तो जरूर चाहूँगी।'

और इससे पहले कि मैं व्यवस्थित होता, उसने मेरे होंठों को चूम लिया।

हम प्रिमरोज हिल पर चढ़ने लगे और लड़कों को पतंग उड़ाते हुए देखने लगे। हम धूप में लेट गए और घास चबाने लगे और फिर हम चिड़ियाघर में गए, जहाँ ऊला ने बंदरों को खाना खिलाया। उसने बहुत सारी बर्फ खाई। हमने एक ग्रीक रेस्तराँ में खाना खाया और शाम को हम स्क्रफी कैमडॉन टाउन के रास्ते घर वापस आए। हमने बियर पी और मछली और चिप्सवाला तला-भुना रात्रि का भोजन किया और फिर हम जल्दी बिस्तर में चले गए, क्योंकि अगली सुबह ऊला को बोट ट्रेन पकड़नी थी।

उसने कहा, 'आज का दिन अच्छा रहा।'

'मैं ऐसा कल भी करना चाहूँगा।'

'लेकिन, मुझे कल जाना चाहिए।'

'पर तुम्हें भी जाना चाहिए।'

उसने तकिए से अपना सिर उठाया और अचरज से मेरी आँखों की ओर देखने लगी, जैसेकि वह कुछ खोज रही हो। मुझे यह पता नहीं कि वह जो चाह रही थी, उसे वह मिला कि नहीं, पर वह मुसकराई और फिर उसने हलके से मेरे होंठों को चूम लिया।

उसने कहा, 'हर चीज के लिए धन्यवाद।'

वह ताजगी से भरपूर और साफ दिख रही थी, जैसेकि धरती पर किसी ने अभी बारिश का पानी छिड़का हो!

मैंने उसकी उँगलियाँ लीं और एक-एक करके उन्हें चूमना शुरू कर दिया। मैंने उसके स्तनों को चूमा, उसकी गरदन, माथे को चूमा। मैंने उसकी आँखें बंद कर उसकी पलकों को भी चूम लिया।

हम लंबे समय तक एक-दूसरे की बाँहों में सोए रहे, एक-दूसरे की गरमाहट को महसूस करते हुए और एक-दूजे के शरीर के आकार का अहसास करते रहे। हालाँकि हम दोनों ही बहुत जवान थे और हमें कोई अनुभव नहीं था, पर हम एक-दूसरे के साथ बहुत धीरज से जुड़े हुए थे और इस प्रकार थे कि जैसे आज पहली रात नहीं, बल्कि हम जन्मों से एक-दूजे के साथ जुड़े हुए हैं।

एक-दूसरे को प्यार करने में बहुत मजा आ रहा था और उसके बाद हम ऐसे सो गए, जैसेकि पूरा दिन खेलने के बाद बच्चे सो जाते हैं।

दूसरे दिन सूरज की रोशनी से मैं जागा। मैंने आँख खोलकर ऊला का पतला चेहरा, बिस्तर से बाहर लटके हुए नग्न पैर देखे। मैं उसके पैरों की रँगी उँगलियों को देखकर मुसकराने लगा। उसके बाल मेरे चेहरे से दबे हुए थे और जब सूरज की रोशनी उस पर पड़ रही थी तो हर एक बाल सुनहरा दिखाई देने लगा।

स्टेशन और ट्रेन दोनों भीड़ से भरे थे और हमने एक-दूजे का हाथ पकड़ा और एक-दूजे को देखकर मुसकराने लगे, पर चूमने से बचे।

उसने मुझे अलविदा कहा और कहा कि 'फ्यूओंग को मेरा प्यार देना।'

'मैं जरूर दूँगा।'

हमने एक-दूसरे को पत्र लिखने और फिर से मिलने की कोई कसम नहीं खाई थी। हालाँकि हमारा रिश्ता पूर्ण था और वह सिर्फ दो दिनों तक ही खिलने के लिए बना था। एक साथ घूमना-फिरना, शादी और फिर एक साथ रहना, सब मिलकर गरमी की एक रात में परिणत हो चुका था।

मेरा पूरा दिन खुशी में बीता। मुझे ऐसा लगा कि ऊला अभी भी मेरे साथ है और अभी कल की ही रात तो थी, जब मैंने उसके हाथों में अपना हाथ रखा है, पर मैंने अब वह नहीं पाया और मुझे पता था कि वह अब नहीं है।

पर मैंने पूरी गरमी में अपनी खिड़की खुली रखी और साथ में हर रात हनीसकल की खुशबू मेरे साथ रहती।

खुशी की तरह प्यार भी रहस्यमय होता है, यह पता ही नहीं होता कि आपको कब हो जाए? यह भी पता नहीं होता कि यह कब दरवाजा खुलने के साथ ही भीतर आ जाए और रहने की सोच ले! मुझे यह कहने में कभी तकलीफ नहीं होती कि प्यार हमेशा क्षणभंगुर होता है और यह पता चल जाता है। मैं ऐसे कई युगल प्रेमियों को जानता हूँ, जो साथ में बूढ़े होते हैं और वे साथ में बहुत खुश लगते हैं।

जब आपकी आशाओं पर पानी फिर जाता है तो जिंदगी में कुछ ऐसे अहसास होते हैं, जो किसी प्यार भरी छुअन से भी पूर्ण नहीं किए जा सकते। यह बात पक्की है कि चीजें वैसा रूप नहीं ले पातीं, जैसा हम चाहते हैं। जब मैं जवान था तो किसी से प्यार करने लगा था, कोई मुझसे प्यार करने लगा था और दोनों प्यार की कोई जरूरत नहीं थी, पर जिंदगी चलती रहती है।

किसी भी चीज का अंत खुशनुमा नहीं होता, पर अगर तुम अकेले में रहना चाहते हो तो विडंबना यह है कि आपको तुरंत एक दोस्त मिल जाएगा और दोस्ती भी तो प्यार है।

किसी खुली खिड़की से एक चमगादड़ भीतर घुस गया। वह बहुत धीमे उड़ता है और जमीन को छूता हुआ मेरे कमरे के एक अकेली कुरसी और मेज से अंदर-बाहर करता है। ऐसा लगता है कि वह रास्ता खो गया है, ऐसा लगता है कि उसका रडार गलत हो गया है। मैं उन्हें देखकर ही बड़ा हुआ हूँ। कभी-कभार जब वह मेरे बिस्तर के पाए में उलटा लटकता है तो मैं उसे लटकने देता हूँ। अकेली रातों में एक पागल-सा चमगादड़ भी सहारा होता है।

~

मार्च 1955 की बात है और मैं हमेशा भारत वापस आ रहा था, पिछले तीन सालों के बाद मैं लंदन से वापस आ रहा था। हालाँकि मैं 21 साल का था और पिछले तीन सालों से अपने आप कमा रहा था। बहुत सारे मामलों में मैं अभी भी बच्चा था और मेरे भीतर एक लड़के की तरह विचार और सपने थे। रोमांस के सपने, जिसमें बहुत सारा साहस था और अच्छा साथ था। मैं एक अकेला लड़का था और उस बड़े से जहाज में अन्य यात्रियों और लोगों के बीच स्वयं को अकेला महसूस कर रहा था—और हम सब एक अनिश्चित भविष्य के लिए आगे बढ़े जा रहे थे।

मेरे पास दो पुस्तकें थीं—थियोर की 'वोल्डन' और रिचर्ड जैफरी की 'द स्टोरी ऑफ माय हार्ट', जो सांसारिक दुनिया में मेरा ध्यान आकर्षित करती हैं। पर दिन के समय केबिन गरम और भरा हुआ था और डेक भी पूरी तरह भरा हुआ था, इसलिए मैंने अपनी अधिकांश रीडिंग यात्रा के समाप्त होने तक निरस्त कर दी। पर रात के समय जब डेक ठंडा हो गया था और अधिकांश यात्री नीचे थे और फिल्म देख रहे थे या पोलिश वोडका पी रहे थे (क्योंकि वह एक पोलिश जहाज था), मैं तारों की छाँव में बैठा था और जहाज लाल सागर में जा रहा था। कहीं कोई आवाज नहीं थी और जहाज के स्क्रू से निकलती हलकी आवाज और उससे निकलता संगीत खुले में आवाज कर रहा था।

जैसे ही मैं वहाँ बैठा और अपने भविष्य के बारे में सोच रहा था तो थोरो की वह लाइन मेरे मस्तिष्क में कौंधने लग गई कि 'मुझे अकेला क्यों महसूस करना चाहिए? क्या आकाशगंगा में हमारा ग्रह अकेला नहीं है?'

मैं जहाँ भी गया, तारे मेरा साथ देने के लिए हमेशा थे। मुझे पता था कि

इस सांसारिक दुनिया में अगर मैं शारीरिक और किसी अन्य तरीके से उत्तर देता रहा, जिसमें समुद्र, सूरज, धरती, चंद्रमा और तारे हैं, तो मैं इस धरती पर अकेला नहीं रह सकता।

एक लड़का सड़क किनारे लगी एक बेंच पर बिल्ली की तरह बदन ऐंठ रहा था और डूबता सूरज उसकी आँखों में कैद था, जो सुनहरे भूरे रंग की थीं और किसी चीते की तरह चमकती थीं। वह मुझे मेरे एक बहुत पुराने दोस्त की याद दिलाता है।

वह अब कहाँ है? वह मेरी तरह एक बूढ़ा व्यक्ति हो गया था। वह समय के साथ कितना बदल गया था और मैं कितना बदल गया!

मैंने उसके लिए चुप से एक प्रार्थना की कि अब वह जहाँ भी हो, वहाँ खुश हो, क्योंकि इससे मुझे भी खुशी मिलती है।

जहाँ तक मुझे याद है, मुझे पुराना रास्ता लेने में ज्यादा खुशी होगी, एक ऐसा रास्ता, जो मुझे किसी जंगल या गाँव या किसी नहर या पहाड़ी पर ले जाए या उन लोगों के चेहरे दिखाए, जिन्हें मैं देखना चाहता हूँ। पर पिछले कुछ सालों से मैं बमुश्किल ही ऐसा कर पा रहा हूँ और अपने से तो एकदम भी नहीं। उम्र के साथ हमें अपनी मर्जी को लेकर आत्मसमर्पण कर देना चाहिए (हालाँकि उसे अन्य चीजों के द्वारा हटना चाहिए, जो कम गंभीर एवं ज्यादा मजबूत होना चाहिए)।

फिर मैंने अपनी डायरी और नोटबुक के पन्ने पलटकर उन दिनों को फिर से जीने की कोशिश की, जब मैं पहाड़ के हर कोने में घूमता था। कभी-कभार मैं किनारे पर चाय की ठेली पर या गाँव में स्थित स्कूल में सो जाया करता था।

करीब बीस साल पहले जाड़े की किसी दोपहर में मैंने कुछ लिखा था—

मैं पिछले कुछ दिनों से अपने कमरे में था, वहीं बाहर बारिश हो रही थी और ओले पड़ रहे थे, बर्फ गिर रही थी और चारों तरफ बर्फीली हवा चल रही थी। ऐसा लग रहा था कि काफी समय से मैं दूर तक वॉक पर नहीं गया हूँ। इन सबसे परेशान होकर मैंने अपना ओवरकोट पहना, दरवाजा बंद किया और ऊपर पहाड़ पर चल पड़ा।

मैं मुख्य सड़क की ओर चल पड़ा, पर भारी बर्फबारी के कारण उसमें कोई गाड़ी नहीं जा सकती थी। जब मैं भी जा रहा था, बर्फ की परतें मेरे चेहरे पर उड़कर आ रही थीं और वे मेरे कोट एवं सिर पर जमा हो रही थीं। वहीं ऊँची पहाड़ी पर देवदार के पेड़ों के ऊपर बर्फ की चोटी बन गई थी। यह परियों का देश है, जहाँ हर चीज रुकी हुई और शांत है। सिर्फ एक चहल-

पहल जो दिखाई दे रही थी, वह थी कि पेड़ों पर बाज घूम रहे थे। मैं करीब एक घंटे तक घूमता रहा और उस समय तक सिर्फ एक व्यक्ति वहाँ से गया और वह ग्वाला था, जो दूध बेचकर अपने गाँव वापस जा रहा था। उसके दूध के डिब्बे में बर्फ जम चुकी थी। वह थोड़ा पीया हुआ लग रहा था। उसने मुझसे हाथ मिलाया, अभिवादन किया और जाने लगा, फिर वह एक गढ़वाली प्रेमगीत गाने लगा।

मैं घूमता हुआ घर वापस आया और पुराने स्टोव के पास लिखने के लिए तुरंत बैठ गया। मुझे स्टीवेंसन की कुछ पंक्तियाँ मिलीं, जो मुझे सही लगती हैं—

*यह उस संगीत के लिए होगा, जब कोई भी पास नहीं होगा,*
*यह अच्छा संगीत गाने के लिए है और दुर्लभ संगीत सुनने के लिए!*
*मुझे वही संगीत याद है, जिसकी तुम प्रशंसा करते हो,*
*इसके साथ ही वह चौड़ी रोड, जिसके किनारे आग जली होती थी।*

निबंधों के शहंशाह आर.एल. स्टीवेंसन कहते थे कि वे धुँधलाते समय के साथ मुझसे बात करते थे। आज उनकी तरह कोई है ही नहीं। हम आशा के साथ जल्दी करते हैं और जिनके पास रोडसाइड आग के लिए समय है और वैसे कौन से लोग, जिन्हें सारे मौसमों में रोड के किनारे काम करना चाहिए।

मैं जब भी पहाड़ों में पैदल जाता हूँ तो मुझे कई लोग एक साथ पत्थर तोड़ते हुए दिखते हैं, तीखी पहाड़ियों को काटते हुए दिखे, किनारे की दीवारें खड़ी करते दिखे। मैं और सारी सड़कों के विरुद्ध नहीं हूँ, खासकर पहाड़ों पर तो नहीं, जहाँ अधिकांश लोग गरीबी का जीवन जीते रहे, क्योंकि गाँवों तक जाने का रास्ता ही नहीं था। इसके बदले यह नई रोड मेरे लिए खोजने का एक और रास्ता बनी। इस प्रगति से प्रभावित होकर मैं धूल भरे रास्ते पर कभी-कभार चलनेवाली सड़कों पर धूल फाँकने के लिए तैयार हूँ। अगर सड़कें धूल से भर जाएँ तो मुख्य सड़क को छोड़ सकता हूँ। घाटियों में जितना आगे जाओ, रास्तों की कोई कमी नहीं है।

एक ऐसे ही घुमक्कड़ी वॉक पर मैं एक ऐसे गाँव में पहुँचा, जहाँ मुझे दही का छाछ एवं चावल और बीन्स की सब्जी भोजन के रूप में मिली। अचानक से कहीं भी पहुँच जाने पर यह एक अलग प्रकार का आकर्षण था और अचानक से कुछ दोस्तियाँ हो जाती हैं। नए झरने, नए से फूल और कुछ खूबसूरत चिड़िया वहाँ मिलती हैं।

और···फिर से उसी पुरानी जगह। राजपुर से आधी रात को मसूरी लौटते वक्त मैंने देखा कि एक चीता पैरापेट दीवार पर चढ़ रहा था और उसके तीन छोटे बच्चे झाड़ियों में तेज गति से चल रहे थे। मैंने कुछ साल पहले यह सोच लिया था कि उस खास दिन मैंने अंतिम चीता देखा है। पर फिर पता चला कि वहाँ अभी इस परिवार के कुछ सदस्य जिंदा हैं।

मैंने यह बात बहुत पहले, बिना कुछ महसूस किए, सीख ली थी कि इस यात्रा में घूमने का मजा, किसी खास जगह पहुँचने से नहीं होता। पहुँचनेवाली जगह किसी यात्री की अपेक्षाओं पर मुश्किल से ही खरी उतरती है और मजा तब और किरकिरा हो जाता है, जब हम बार-बार समय देखने के लिए घड़ी देखते रहते हैं। घूमने के समय, जिंदगी की तरह स्वयं को बहुत समय दें, क्योंकि इसके लिए आपको भागना न पड़े, आप अपने चारों ओर की दुनिया देख नहीं पाते, अगर आप बहुत जल्दी में हों। अगर आप स्वयं को किसी एयर कंडीशंड कार या ट्रेन में कैद कर लेते हैं तो आप गरमी और धूल से परेशान होते हैं।

मुझे ऐसा लगता है कि मैंने टेढ़े-मेढ़े चलने को ईजाद किया है। सीधी रेखाओं में चलने के बदले, मैंने टेढ़े-मेढ़े रास्ते पर चलने की सोची, अचानक कुछ अजीब से रास्ते लिये, नीचे की ओर जाने की सोची, सीधी सड़कों के बदले मैंने खेतों का रास्ता लिया या बैलगाड़ी का रास्ता लिया और आराम-आराम से, जितना हो सके, घूमता रहा। इस तरह से मैंने सामान्य स्थितियों के बदले बहुत कुछ सीख लिया। वहाँ एक मंदिर है, उधर एक मसजिद है, एक पुराना चर्च है, एक रेलवे लाइन है, एक तालाब भैंसों से भरा है, फिर एक मोर इमली के पेड़ के नीचे चोंच मार रहा है, अब मैं सरसों के खेत में हूँ। फिर मैं एक कैनाल बैंक में हूँ। वह कैनाल हमें शहर को ओर जोड़ती है और फिर मैंने आम के पेड़ों की लाइन तब तक देखी, जब तक मैं घर नहीं पहुँचा।

यह मजा ऐसे नहीं आता, यह तो रास्ते के बीच लेनेवाला अनुभव है। यह अभी खत्म होनेवाला नहीं है, यह रास्ते का अनुभव है। ऐसी बातों की कोई अपेक्षा नहीं होती, यह सरप्राइज में होती है। आप यह नहीं चुनते कि

इस दुनिया में आप क्या देखते हैं, दुनिया आपको दिखाती है कि आपने क्या देखना है ?

ऐसा रात के आकाश में तारों को तारों से जोड़ना–सा है, जिसमें मद्धिम प्रकाश, उदास, विभ्रमित तारों को भूलना नहीं है, क्योंकि वहाँ संभावनाएँ भरी पड़ी हैं। पहले बाएँ, फिर दाएँ की ओर। मैं अभी भी टेढ़े–मेढ़े रास्ते में हूँ, किसी कारण व दिल के बीच में तिरछा हूँ।

*"अपनी कला से प्यार करो, चाहे आप उसमें कितने कमजोर ही क्यों न हों, पर जो आपने सीखा है, उसमें आप संतुष्ट रहें और पूरी जिंदगी उसे इस प्रकार आगे बढ़ाएँ, जैसेकि किसी ने भगवान् पर पूरी आत्मा के साथ भरोसा किया हो, उससे वह किसी का गुलाम न हो।"*

**—मार्कस ऑरेलियस**

आप चाहे अपनी कला में कितने ही बुरे हों, पर आप अपनी कला से प्यार करो। मैंने इस विचार को मानने में कभी भी खेद महसूस नहीं किया, पर इसके पीछे मैंने यही दिक्कत महसूस की कि लेखक होने के कारण मुझे अपनी जरूरतें पूरी करने में मुश्किलें हुईं। शब्दों और वाक्यों को एक साथ रखकर उन्हें कविता या कहानियों का रूप मैं जिंदगी भर देता रहा हूँ, जिससे मेरी जिंदगी एक खास पवित्रता और आंतरिक शांति के साथ चलती रही है और ऐसी बात किसी भी ऐसे व्यवसाय में नहीं मिल सकती, जिसे आप पसंद नहीं करते।

मुझे पता है कि अपनी कला में मुझे अपनी सीमाएँ पता हैं और मैंने उन्हीं के अंतर्गत काम किया है और इसलिए स्वयं को उस निराशा से दूर रखा, जो उन उद्‌देश्यों के कारण बढ़ जाती है, जिनकी महत्त्वाकांक्षाएँ उनकी प्रतिभाओं से कहीं आगे होती हैं। अपनी सीमाएँ जानने और उसके तहत अच्छा काम करने के लिए अपनी सीमा से अधिक काम करके यह हासिल किया जा सकता है। हर साल एक जबरदस्त मास्टरपीस लिखकर कुछ नहीं होता और अगर कुछ ऐसा लिखना ही है तो दस-बीस सालों में ऐसी कुछ रचनाएँ कर

लें। इस बीच कुछ और अच्छी चीजें लिखी जा सकती हैं, जो छोटी हों और अपनी तरह से संतोषजनक हों।

आपको जो अच्छा लगता है, उसे अच्छी तरह से करें। फिर पक्की बात है कि चीजें अपनी ओर से सही स्थान पर आ जाएँगी। मैं अपनी बात को समझाने के लिए इस उदाहरण की तलाश में था और यह विचार आया कि करीब बीस साल पहले महबूब खान व रामजी मल आगरा के किले में शाहजहाँ के हॉल ऑफ मिरर्स के काम में पत्थरों की नक्काशी करते थे। वे इस काम में पिछले एक दशक से लगे हुए हैं, वे धीरे-धीरे ही सही, अपने काम को पूर्णता की ओर ले जा रहे थे।

इस काम को पूरा करने का काम इतना जटिल था कि दो कुशल कारीगर एक दिन में सिर्फ छह इंच मरम्मत ही कर सकते थे। दीवारों और छतों पर प्लास्टर के काम को फिर से करने के लिए, कोई भी काम पूरे पक्के तरीके से करना चाहिए था, छोटे शीशों और रंगीन शीशों को लगाने के लिए ऐसी जगह चाहिए थी कि उन पर सही मात्रा में प्रकाश पड़े और उसी समय, एक पैटर्न में तरीके से पड़े।

यह एक छोटा काम है, पर इसमें बहुत सारे संयम, कारीगरी, समर्पण की आवश्यकता थी। उन्हें उसकी कोई प्रसिद्धि नहीं मिलती और न ही कोई ऐसा नकद इनाम मिलता। उनको सबसे बड़ा इनाम काम की पूर्णता के लिए संयम दिखाकर मिला।

वे अपने काम से खुश जरूर होंगे और संतुष्ट होंगे। असल में मुझे किसी न्यूरोटिक कारपेंटर या पत्थर पर काम करनेवाले या कुम्हार या मनहार या किसी बड़े क्राफ्ट्समैन से मिलना है। जो लोग लकड़ी का काम करते हैं या पत्थर या काँच का काम करते हैं—जो लोग अपने हाथ से खूबसूरत चीजें बनाते हैं—वे असल में बहुत संतुलित लोग होते हैं। अपने हाथों से काम करना अपने में एक थैरेपी की तरह है। जो लोग अपने दिमाग से काम करते हैं, जैसे कंपोजर या कलाकार या लेखक, उन्हें ऐसे कलाकारों के काम करने के तरीकों का अनुकरण करना चाहिए, जो हर प्रकार की बारीकियों में बहुत

ध्यान देते हैं और उसे बहुत प्यार से करते हैं।

चूँकि मैं अपनी कला से बहुत प्यार करता हूँ, तो मैं किसी व्यक्ति का दास बनने या तानाशाह के बिना अपनी जिंदगी चला सकता हूँ। मुझे इस बात की आशंका है कि मैंने अब तक बिना चाहे, कोई एक कहानी या निबंध या हर दिन का कोई आलेख लिखा हो। हो सकता है कि इस कारण मौद्रिक रूप से मुझे कुछ झेलना पड़ा हो, क्योंकि मैंने कभी कोई ब्लॉकबस्टर उपन्यास नहीं लिखा, किसी सेलिब्रिटी की बायोग्राफी नहीं लिखी, न ही कोई धारावाहिक ही लिखा है। पर अंत में, चीजें सही प्रकार से काम कर गईं। मैं बिना किसी खेदवाला एक लेखक हूँ और यह अपने में कोई छोटी उपलब्धि नहीं है।

एक ऐसा समय आता है, जब हर लेखक अपने आप से पूछता है कि उसके इन प्रयासों और आउटपुट का मतलब क्या है? हम यह चाहते हैं कि हमारे काम से लोग प्रभावित हों, बहुत सारे पाठकों पर उसका प्रभाव पड़े, पर असलियत यह है कि उसका प्रभाव बहुत छोटा होता है। जो लोग बड़े स्केल पर काम करते हैं, वे दुनिया की उदासीनता से अप्रभावित होते हैं। इसलिए मैं बहुत खुश हूँ कि मैं अपने कुछ पाठकों को थोड़ी खुशी दे दूँ! यह भी एक प्रकार का इनाम है।

एक लेखक के रूप में किसी खास घटना को लेकर मुझे न्याय करने में दिक्कत हुई है, जैसे—दो देशों के बीच का युद्ध, सत्ता को लेकर राजनीति। मैं सुबह की ओस की बूँदों को देखकर ही बहुत खुश हूँ और दिन की खूबसूरती को देखकर भी, रात की शांति को एक वरदान के रूप में पाकर, बच्चों की हँसी-खुशी को देखकर, आम लोगों की जद्दोजहद और हाँ, किसी खास परिस्थिति में भी स्वयं को पाकर।

हम दुःख, दर्द या किसी हादसे को रोक नहीं सकते। और फिर जब हम अपने आसपास देखते हैं तो हम पाते हैं कि हमारे आसपास के अधिकांश लोग जीवन के मजे ले रहे हैं। हमारे आसपास देखने के लिए बहुत सारी अच्छी चीजें हैं, मजे करने के लिए बहुत कुछ है और मिलने के लिए बहुत सारे अच्छे और रोचक लोग हैं—तो ऐसे में मेरी कलम लिखने से स्वयं को कैसे रोक सकती है?

ड्राइडन ने लिखा था—'दोस्ती अपने में एक पवित्र रिश्ता है।' मैंने अपनी पूरी जिंदगी में बहुत दोस्त बनाए और मैं अधिकांशतः बहुत भाग्यशाली रहा। मैं अपने में रहनेवाला व्यक्ति हूँ, जो अधिकतर जिद्दी हो जाता हूँ। पर अधिकांशतः मुझमें साथ की कमी रही है। मैं सोचता हूँ कि लोगों पर विश्वास करना चाहिए या अनजानों पर शंका नहीं करनी चाहिए—जिन लोगों को हम अपना दोस्त बनाते हैं, वे पहले अनजान होते हैं।

पुरातन हिब्रू साधु हिलेल मेरे हमेशा मार्गदर्शक रहे हैं—

*अगर मैं अपने लिए नहीं हूँ,*
*तो मैं किसके लिए हूँगा?*
*और अगर मैं दूसरों के लिए नहीं हूँगा*
*फिर मैं क्या हूँ?*
*अगर अभी नहीं तो कब?*

जब राकेश एक छोटा बच्चा था, तब मेरी डेस्क पर रखे एक घोड़े की नाल को देखकर वह पूछने लगा, 'यह क्या है?'

मैंने उससे कहा कि यह एक घोड़े की नाल है और मैं इसे अच्छी किस्मत पाने के लिए रखता हूँ।

फिर मैं उसे मिसेज बीन के बारे में बताने लगा, वे एक अंग्रेज वृद्धा थीं, जो मसूरी में पली-बढ़ी थीं और मैं जब वहाँ 1963 में रहने के लिए आया था, तब वह वहाँ मैपलवुड कॉटेज में रहती थीं। वह एक छोटा सा कॉटेज मैपल और ओक के जंगलों के किनारे था।

मिस बीन उस समय अपने अस्सीवें साल में थीं, जो उस पीढ़ी की अंतिम जीवित बीन थीं और वह स्वयं को यही कहलवाना पसंद करती थीं। उनके माता-पिता, भाई और बहन सारे कैमल्स बैक रोड सीमेट्री में दफन थे। उन्हें थोड़ी सी पेंशन मिलती थी और वह एक छोटे से कमरे में रहती थीं, जहाँ कम कीमत के सामान थे, थोड़े से फर्नीचर थे, जो उनके पुराने घर के थे और उनकी दिवंगत माँ के हाथों से बनी पेंटिंग थी। मैं उस समय अपने घर में ही था, बेक्ड बीन्स थे और वहाँ अन्य टिन पैक चीजें थीं। कभी-कभार मैं अपना साधारण सा भोजन उनके साथ बाँटता था।

उन्होंने मुझे मसूरी के शुरू के दिनों की कहानियाँ बताईं—बॉल एंड फैंसी ड्रेस पार्टी, जो हैकमैन और सेवो होटल में होती थी, समय-समय पर उजागर होनेवाले स्कैंड्ल्स, ऐसे घर जहाँ से भूत की खबरें आती थीं, वे दोस्त, जो दूर जा चुके थे या उन्हें बनानेवालों के पास चले गए थे और साथ ही वे अपने पिता के मिलिटरी कारनामों के बारे में भी बताती थीं।

मैंने यह नोटिस किया कि वह बड़ी सी नाल उनके मेंटलपीस पर रखी

थी, और फिर मैंने उनसे पूछा कि वह उनके पास कैसे आ गई? उन्होंने बताया, 'उनके पिता यह इंग्लैंड से लेकर आए थे', फिर उन्होंने कहा, 'इसके आने से हम सबकी किस्मत चमक गई थी, पर वह अच्छी किस्मत बहुत पहले ही भाग गई थी…अगर तुम्हें यह पसंद आ रही है तो तुम इसे ले जा सकते हो।' और इस प्रकार उन्होंने मुझे वह घोड़े की नाल दे दी।

मेरे पास यह काफी सालों से रखी हुई थी, जो अधिकांशत: किसी के भी नोटिस में नहीं आती थी। यह तभी लोगों के ध्यान में आती, जब कोई मिलनेवाला आता था और वे उसके आकार को देखकर कुछ कहते थे।

मिस बीन सोए-सोए में ही मर गईं और उस समय मैं मैपलवुड में ही था। उसके ठीक बाद प्रेम मुझसे मिलने आया था और फिर वह बाद में अपनी पत्नी और तीन महीने के बच्चे को गाँव से साथ में रहने के लिए लेकर आया था। वे मेरा परिवार बन गए और आज यह बात तैंतालीस साल पुरानी हो गई।

राकेश की पत्नी बीना ने एक दिन मुझसे पूछा, 'क्या यह सच में अच्छी किस्मत लेकर आई थी?'

मैंने उनसे कहा, 'हम अपनी अच्छी किस्मत खुद ही बनाते हैं। पर घोड़े की यह नाल हमारे पास इतने सालों से रही है, इसलिए मुझे यह उसके पूर्व मालिक की याद दिलाती है, जो एक छोटी सी वृद्धा थीं, जिनकी किस्मत इतनी अच्छी नहीं थी, पर वह जीना पसंद करती थीं और वह अकेले के दम पर खड़ी हो गईं और वह भी बिना किसी शिकायत के। यह सिर्फ हमारी हिम्मत होती है, किस्मत नहीं, जो हमें दूसरे छोर तक पहुँचा सकती है।'

मिस बीन अकेले खड़े होना जानती थीं और मेरी मेज पर पुराने घोड़े की नाल के रूप में वह आज भी मौजूद हैं।

*"कभी पूरी तरह से अकेले रहकर देखो! उन लोगों को सम्मान दो और देखो उनकी आत्मा के भीतर क्या है?"*

**—जॉर्ज हर्बर्ट**

मुझे ऐसा लगता है कि अधिकांश लोग अकेलेपन से डरते हैं, क्योंकि अधिकांश चीजें भीड़ के बीच में की जाती हैं। क्लब, शादी की पार्टियाँ, खेल के इवेंट्स, राजनीतिक बैठकें, विजयी परेड, धार्मिक घटनाएँ, मेला, यहाँ तक कि प्रार्थना सभाएँ—जितनी ज्यादा भीड़ होगी, उतना ही सफल आपका समारोह होगा। अगर कोई आदमी पहाड़ियों या शहर के बाहर अकेला घूमते दिख गया तो उसे पागल करार दिया जाएगा।

अधिकांश लोग एकाकीपन को नाखुशी से जोड़ देते हैं। उनके दिमाग में इतनी गहराई नहीं कि वे अकेलेपन को एक मीठे-से बाम या मरहम की तरह ले पाएँ! वे असल में जिंदगी में ऐसी परिस्थिति से स्वयं जूझने से डरते हैं।

अधिकांश समय में जीविका के लिए या पारिवारिक जीवन जीने के लिए अलग रहते हैं। इससे अलग होने से कभी-कभार, पहाड़ियों या खेतों या गलियों में जहाँ 'स्वयं' के साथ आप निर्बाधित अकेलेपन के मजे लेते हैं। इससे स्वयं के बारे में निर्धारण करने का मौका मिलता है, जिससे जीवन का दर्शन समझ सकें। इसके अलावा, तकनीकी समस्या के दबाव की उठा-पटक से दिमाग हट सके।

पर असल में, अकेलापन पाने के लिए आपको दुनिया की तरफ पीठ करने की कोई जरूरत नहीं है। एक अकेला व्यक्ति भीड़ में भी अकेला घूम

सकता है और अपने भीतर की आत्मा को अकेले में रख सकता है। कुछ लोग सारी दुनिया में छोटी नावों में बैठकर ही घूम सकते हैं। कुछ लोग एक छोटी सी जगह में ही पूरी दुनिया को बालू के एक कण को देखकर ही पता लगा सकते हैं।

घरेलू आवाजें, जिनके बारे में हम कभी सोचते भी नहीं हैं, और जब वह चली जाती हैं, तब हम उन्हें सबसे ज्यादा याद करते हैं—जैसे केतली में उबलती चाय की आवाज। दरवाजे, जो खड़खड़ाते हैं। पुराने सोफे की स्प्रिंग। ऐसी आवाजें, जो अँधेरे में उजाला लाती हैं। बारिश में बतखों का क्वैक करना। वे आवाजें जिससे एक घर घर बनता है।

बहुत पहले गरमियों में एस···मेरे साथ पहाड़ी में स्थित लकड़ी की झोंपड़ी में साथ रहने के लिए आई। पहाड़ी के नीचे स्थित झरने में मैं कभी छोटा रास्ता लेकर जाता था। मैंने एस···के साथ भी ऐसा ही किया, मैं उसे नीचे झरने तक ले गया और फिर हम नीचे की धारा तक गए, और कठिन पहाड़ियों तक और फिसलते पत्थरों के बीच एक–दूजे का हाथ पकड़ते हुए हम साथ–साथ नीचे की ओर गए। हमें नीचे एक गुफा मिली और पानी की हलकी फुहारें ऊपर से नीचे गिर रही थीं। पहले ऊपर खुला हुआ था, जिसमें ऊपर से सूर्य की रोशनी पड़ रही थी, जो पानी की धारा से मिलकर एक छोटा सा इंद्रधनुष बना रहा था। हाँ, एक रेनबो। हमने उससे पहले ऐसा कभी नहीं देखा था।

फिर वहाँ से वापस आते हुए, हमने फर्न जमा किए। मसूरी के आसपास की छाँवदार जगहें, जहाँ बहुत प्रकार के फर्न होते हैं, और जो हमने वहाँ से जमा किए थे, वह हमारे पास जरूरत से ज्यादा जमा हो गए। इसलिए फिर हमने फर्न का एक बिस्तर तैयार किया और उसके ऊपर लेट गए, फिर एक–दूसरे से बातें करने लगे, एक–दूजे को छूने लगे तथा वे सारी कसमें खाने लग गए जो हम आगे निभानेवाले नहीं थे। यह हमें वह यादें दे गया, जो बुरे दिनों में याद कर मेरे चेहरे पर मुसकराहट दे जाता है।

मैं अब अपने आप को देखता हूँ, एस···और मैं, जवान हैं और उस समय में अभी भी जी रहे है और भविष्य को लेकर परेशान नहीं हैं, बच्चों की तरह घर जा रहे हैं और फिर से उस छोटे से इंद्रधनुष को देखकर खुश हो जाते हैं।

एक अन्य याद, मेरे कॉटेज के बाहर जो रोड थी, एक दिन अँधेरे में कोई मेरे पास आया और चूमकर भाग गया। वह कौन हो सकता है? वह एकसाथ बहुत ही मुलायम और गर्म-सा था। वह एहसास मेरे भीतर पूरी रात रहा।

वह कौन हो सकता है? मुझे उसे ढूँढ़ना चाहिए। नहीं, मुझे उसे कभी नहीं ढूँढ़ना चाहिए।

सुबह के समय हल्की बर्फबारी हो रही थी। इससे पहले कि बर्फ पिघल जाए, देवदार के पेड़ों को वह एक-दो घंटे के लिए ढके हुए थी।

मनुष्य अपने स्वभाव से निश्चितता में नहीं रहता, पर अवचेतन में वह चेतन मस्तिष्क से ज्यादा सजग होता है। एक मेधावी स्कूली छात्रा ने एक बार मुझसे पूछा कि 'जीवन दर्शन के बारे में आपका क्या विचार है?' उसने मुझे चुप करा दिया था। क्या मुझे उसे बता देना चाहिए कि मैं अभी दुविधा में पड़ गया था? क्या मैं ऐसा कहकर उसे निराश कर दूँ कि मैं बूढ़ा हो चुका हूँ और मेरे पास उसे देने के लिए कोई ज्ञान नहीं है। अच्छा यही है कि मैं उसे सच्चाई बता दूँ, मैंने यह निश्चित किया और उसे स्टंप कर दिया।

एक सुबह मैं इस दर्शन पर सोच रहा था कि कैसे किसी चीज की धार्मिक बातों को लेकर मेरे भीतर कमी है और मुझे अंदर से भी लो महसूस हो रहा था, क्योंकि बाहर बादल थे और अँधेरा-सा था और ऐसे थके-से मौसम में मेरे भीतर की स्प्रिट मुझे निराश-सा कर देती हैं। पर बादल छँटे और अंदर से सूरज चमका, पीली सूरज की किरणें मेरे कमरे के भीतर आईं और फिर मेरी मेज पर गिरीं और उसी समय मेरे अंदर की आत्मा सजग हो गई। उसी समय, मैंने यह महसूस किया कि किसी प्रकार की फिलॉसफी कभी किसी के काम नहीं आएगी, अगर वह धूप, छाँव, प्रकाश और छाया के प्रभाव में आ जाए।

मैं नास्तिक हूँ, पवित्र और सिंपल हूँ, और किसी व्याख्या के, जिसमें छूने को लेकर सेंसेटिव, रंग, खुशबू, आवोजों के प्रति बहुत सेंसेटिव हूँ, मैं अपनी इंद्रियों पर जीता हूँ, जिसे तुरंत ही आकर्षण हो जाता है, और बेमतलब की बातों और अटैचमेंट को लेकर उनके साथ हो लेता हूँ। एक गाइड के रूप में किसी के कुछ ही काम आ सकता हूँ, और यहाँ तक कि अपने लिए तो कुछ भी नहीं।

मुझे लगता है कि स्वयं को मैं सबसे अच्छी सलाह यही दे सकता हूँ, जो शेक्सपियर से ली थी, जो मेरे पापा ने मेरी एक नोटबुक से कॉपी की थी, जब मैं नौ साल का था।

*सबसे पहले अपने साथ सच्चे रहो,*
*और उस बात पर वैसे चलो, जैसे दिन के साथ रात,*
*पहले अपने शौक का खयाल करो, फिर दूसरों का।*

हम सब गलतियों के पुतले हैं, और अपनी गलतियों को पहचानकर उनके साथ जीना, हमारा मूल स्वभाव है, हमारे गुणसूत्रों और जन्म के साथ की कमियाँ हमारे जीवन की यात्रा को आगे बढ़ाने में हमारी मदद करती हैं।

अगर आपको कोई चीज बहुत बुरे तरीके से चाहिए, तो उसे पाने के लिए उसके पीछे बहुत मत जाएँ—उसका पीछा न करें कि आपको वह सच में चाहिए। आपको अधिकांशतः सफलता तभी मिलती है, जब आपको जीत की ख्वाहिश नहीं है।

यह जीवों में संभव भी नहीं कि वह सफलता को कमांड करे।

*"यह संसार जादुई चीजों से भरा हुआ है और हम शांतिपूर्वक अपनी बुद्धि के तेज होने का इंतजार कर रहे हैं।"*

**—एडेन फिलपोट्स**

कई बार हम अपने वातावरण को देखकर उदास होते हैं, और ऐसा भी बहुत कम ही होता है कि हम अपने वातावरण को बदल पाएँ। पर हमें अपने चारों ओर देखना चाहिए। जैसे अपने पैर पर पड़े पत्थर, सामने के मलबे में पड़े जंगली फूल, पुरानी दीवार पर आती धुँधली सी सूरज की रोशनी, उन सबमें किसी आर्टवर्क की तरह खूबसूरती है।

एक व्यू के बिना एक छोटा सा कमरा देखना हमारा भाग्य है, या तो हम कालकोठरी में स्वयं को बंद कर सकते हैं या हम स्वयं को कम उदास कर सकते हैं। मैंने पाया कि उन नंगी दीवारों का हमारी आत्मा से कुछ लेना-देना नहीं है, इसलिए मैंने उसमें फोटो लगाने की सोची—जैसे दोस्तों की फोटो या कोई मैगजीन से कोई कटआउट निकालकर कोई प्राकृतिक फोटो, मेरे पसंदीदा मूवी स्टार की फोटो।

खिड़की के छज्जे में पुरानी कैन या बोतलों में पौधे लगाना। एक बेढंगे से पत्थर को पेपरवेट के रूप में इस्तेमाल करना। एक आरामवाली कुर्सी और एक आरामवाला बिस्तर।

एक बाहर की दुनिया भी है। मेरे जवानी के दिनों में मैं गरम, गंदे से, छोटे से शहर में मैदानी इलाके में रहता था—जो दुनिया की सबसे अंतिम प्रभावशाली जगह होगी—जहाँ लेखन का थोड़ा ही काम चल सकता था। पर ऐसे शहर में लंबा सफर मुझे छोटे-छोटे चमत्कारों से प्रभावित करता

था—जैसे आधी रात के बाद गलियों में चुपचाप चाँद से आती रोशनी। पहली बारिश के बाद गीली धरती और नीचे गिरी नीम की पत्तियों से आती खुशबू। या साप्ताहिक बाजार की भीड़। किसी अनजान आदमी के हाथों का ब्रश जिससे दोस्ती एवं प्यार हो जाए।

रोमांस सबसे अधिक असंभाव्य स्थानों पर दुबककर रह जाते हैं।

बिना किसी प्रेरणा के कोई दिन कैसे हो सकता है ? मेरे विचार फिर से मटन-करी को ओर जा रहे हैं। यह दिन नहीं तो बिना किसी एचीवमेंट के रह जाएगा।

क्या मुझे स्वयं को दोषी मानना चाहिए ? मेरे लिए यह कठिन परिश्रम है। इससे अच्छा तो मैं पैदल घूमकर आना चाहूँगा।

साँझ का समय था। मैं पहाड़ी के ऊपर पैदल जाना चाहता था और जाड़े की शुरुआत देखना चाहता था। मेरा दिन सफल रहा। अब मैं वापस घर रम पीने के लिए और बीना के हाथ की मटन करी खाने के लिए आऊँगा।

पूर्व मॉनसून की कुछ हलकी बारिश, हलकी गरमी, चिपचिपाहट और उतनी ठंड भी नहीं, जो पूरे साल होती है। पेड़ों को भी यह पता होता है और जब मैं बैंक और पोस्ट ऑफिस की तरफ पैदल जाता हूँ तो कोबरा लिली फर्न से में निकल कर बाहर की ओर झाँकती है।

हिमालयी क्षेत्रों में मानसून का महीना साल का सबसे खूबसूरत समय होता है और घाटियों के ऊपर छाया कोहरा, पहाड़ों पर छाई घनी हरियाली, जिसमें फर्न और जंगली फूल उगते हैं। गुफाओं में कस्तूरा की आवाजें सुनाई देती हैं, वहीं पेड़ों की ऊँचाई में से बारबेट की आवाजें सुनाई देती हैं।

रातभर बादलों की गड़गड़ाहट सुनने और बारिश होने के बाद जब मैं उठा, तो सूरज उगने के साथ मैं वॉक के लिए निकल पड़ा। एक बड़ा सा डहेलिया और उसकी पंखुड़ियाँ पानी में भीगी हुई थीं और पहाड़ी के ऊपर वह खूब उगे हुए थे, पन्ना पत्थर की तरह हरा ग्रासहॉपर पंखुड़ी पर, खिलती धूप में अपने पैर पसारे हुए था।

□

हिंदू कैलेंडर के अनुसार बसंत का पहला दिन था, पर यहाँ हिमालयी क्षेत्र में अभी भी हलकी ठंड थी। ठंडी हवाएँ बह रही थीं और चीड़ की पत्तियों में से आवाज आ रही थी, पश्चिमी हवाओं के कारण बारिश के गहरे बादल उड़ गए थे, जो पूर्वी हवाओं को आने की चुनौती दे रहे थे।

मैं अपने कॉटेज की ओर तेजी से ऊपर की ओर चढ़ रहा था और ऊषा मेरे पीछे जल्दी में अपने स्कूल से आ रही थी। उसने अपने सिर पर गोलाई में स्कार्फ बाँध रखा था, जिससे उसके बाल तेज हवा में ढके रहे, उड़े नहीं। उसके बाल और आँखें दोनों काले थे, गुलाबी गाल थे और पहाड़ी की ओर बर्फ के निशान उससे मेल खा रहे थे।

उसने इशारा करते हुए कहा, 'देखिए, एक नया फूल।'

वह एक अकेला, मक्खनी पीला ब्लॉसम का फूल था और वह ठंडी सर्द घास में एक अकेले तारे की तरह अकेला खड़ा था। मैंने उससे पहले ऐसा कभी नहीं देखा था, मुझे उसके नाम के बारे में भी कोई आइडिया नहीं था। बेशक, बॉटेनिकल रूप से उसका कोई तो नाम होगा। पर, मेरे लिए यह एक नई खोज थी।

ऊषा ने पूछा, 'क्या मैं आपको वह तोड़कर दूँ?' मैंने कहा, 'वह एक अकेला ही फूल होगा। अगर हम उसे तोड़ देंगे, तो फिर एक भी नहीं बचेगा। उसे वहीं छोड़ दो, देखते हैं, उसमें बीज हैं।' हम ऊपर की ओर चढ़े और फूल को और पास से देखने लगे। वह बहुत ही नाजुक था और उसकी पँखुड़ियाँ बहुत ही मुलायम थीं, ऐसा लग रहा था कि वह किसी भी क्षण नीचे गिर जाएँगी।

ऊषा ने कहा, 'अगर बारिश होगी, तो वह खत्म हो जाएगा।' फिर उसी

रात बारिश हुई, बारिश के साथ ओले भी पड़े। खड़-खड़ कर गिरते हुए वह ओले टिन की छत पर से नीचे गिर गए, पर अगली सुबह सूरज उग आया। फूल के बारे में सोचे बिना, मैं सड़क पर वॉक करने के लिए चला गया। ऊषा सही थी। उस तूफान में वह फूल गायब हो गया। एक दिन पूर्व जिन कलियों को हमने देखा भी नहीं था, वह खुल गई थीं। वह भी छोटे तारों की तरह लग रही थीं, मानो ऐसा लग रहा था कि रात में दो छोटे तारे आकाश से टूटकर नीचे गिरे हों।

ब्रह्मांड के अंदर सब प्रकार की सरलता है। पेड़ हमेशा लंबा और सीधा खड़ा होता है, उसके पत्ते बहुत कोमल होते हैं, उसकी चमक तेज, ताजी होती है। कोई भी फूल गुलाब से लेकर रोडोडेंड्रोन बहुत कठिन प्रवृत्ति का होता है। ब्रह्मांड बहुत ही सरल होता है। इस बात में कोई शक नहीं कि यह ग्रीक शब्द 'कॉस्मॉस' से लिया गया है, जिसने ब्रह्मांड को संपूर्ण रूप से लिया है। यह अनुभवों का कुल योग है। यह फूल सबका योग है। दक्षिण अमेरिकी फुटबॉलर की कलाकारी उनमें से एक है। यह बात कहने की जरूरत नहीं है कि यह ट्रॉपिकल अमेरिका से आए थे।

इनको उगाने में कोई परेशानी भी नहीं है। हरियालीवाले हिल स्लोप में खाली जमीन में एक मुट्ठी बीज डालकर देखो और फिर कुछ महीनों के बाद उन्हें समग्र रूप से देखो तो वे धूप में नाच रहे होते हैं। वे एकदम जंगलियों की तरह होते हैं और शांत नहीं होते। उन्हें बहुत कम देखरेख की जरूरत होती है, पर अगर तुम उन्हें ऐसे ही छोड़ देते हो तो वे अगले साल होते ही नहीं। वे बहुत सरल होते हैं, पर वे असंवेदनशील नहीं होते।

ब्रह्मांड को लेकर मेरी यादें मेरे बचपन से जुड़ी हुई हैं। एक बार मैं घूमते हुए ऐसी जगह पहुँच गया, जहाँ ऐसे फूल होते हैं, जो मेरी लंबाई से दुगुने होते हैं (उस समय मैं पाँच साल का था) और ऐसा लग रहा था कि वे नीचे झुककर मुझे दोस्ताना तरीके से देख रहे हों और उनके पंखनुमा पत्ते भीनी-भीनी खुशबू दे रहे थे। पर जब मैं पहाड़ों के किनारे फूलों को देखता हूँ, जो अक्तूबर में धूप में खिलते हैं, तो वे पुराने दोस्तों की तरह लगते हैं और मैं उन्हें उसी तरीके से अभिवादित करता हूँ और उन पंखुड़ियों से अपने गालों को छूता हूँ।

युगल दंपती, खासकर हनीमून पर जानेवाले लोग मसूरी के मॉल में खचाखच भरे होते हैं। नए-नए प्यार को पूरी तरीके से खिलते हुए देखना बहुत अच्छा लगता है। फिर उनमें से कइयों के बीच प्यार नहीं रहता, पर आज उनमें प्यार है और वह उन्हें सुंदर और निर्भय बनाता है।

मैं कई बार प्यार में पड़ा हूँ। मैं अब भी प्यार में पड़ जाता हूँ। एक युवक के साथ तन्हाई साथ-साथ चलती है, क्योंकि ऐसे में दूसरे व्यक्ति के साथ एक अलग ही आकर्षण होता है और चाहे वह कोई लड़का हो या लड़की, और कभी-कभी यह भी होता है कि सामनेवाले को बिना बताए भी यह आकर्षण रहता है। मैंने यह भावना एक छोटी सी कविता के रूप में प्रस्तुत की है, जिसका शीर्षक है—'पासिंग बाय' मैंने यह कविता कई साल पहले लिखी थी—

*यह बहुत ज्यादा हो गया कि तुम सुंदर हो,*
*सुंदरता भी खत्म हो जाती है,*
*इससे अच्छा है कि तुम सपनों का प्यार बनो*
*फिर प्यार का सपना टूट जाता है,*
*चाहे चेहरे बदल जाएँ,*
*फिर प्यार के शब्द बोले जाते हैं,*
*मेरे लिए यह बहुत हो जाएगा, जब तुम चली जाओगी,*
*और जुगनू अँधेरे में टिमटिमाएँगे।*

हो सकता है कि वह अजीब प्यार के कारण लिखा गया हो। जब भी मैंने किसी को प्यार के लिए समझाया है तो वह व्यक्ति हाथ में नहीं आया है। वहीं दूसरी ओर, सबसे ज्यादा वही रिश्ते पनपते हैं, जो धीरे-धीरे आगे बढ़ते

हैं, वह भी बिना किसी झल्लाहट या उन्माद के कारण।

तीव्र गति से हुआ प्यार या कभी न खत्म होनेवाली दोस्ती अपनी जगह पर ठीक है, यहाँ तक कि जरूरी भी है, पर यह जरूरी है कि किसी खास के साथ आपको बहुत सहज होना चाहिए, फिर आपको स्वयं को किसी तरह से साबित करने की जरूरत नहीं है।

नजदीकी के समय में दो लोगों का दिमाग एक तरह का होता है और उनके शरीर भी एक हो जाते हैं, जो आपस के विचारों में ही बात कर लेते हैं और उन्हें एक-दूसरे के बारे में बहुत अच्छे से पता होता है। मैं ऐसे क्षणों के बारे में जानता हूँ और किसे क्या पता मैं उन्हें फिर से जानने लग जाऊँ!

□

जब मेरे साथ चीजें ठीक नहीं चल रही होतीं तो मैं आई-चिंग से परामर्श लेता हूँ और उनसे सही ज्ञान और परामर्श लेता हूँ। बहुत पहले की बात नहीं है, जब मैं एक अस्वीकृत प्रेमी-सी पीड़ा सह रहा था। मैंने 'बुक ऑफ चेंज' से परामर्श किया और एक हेक्साग्राम के अंदर मुझे निम्न पंक्तियाँ पढ़ने को मिलीं—

*अगर आपके घोड़े खो गए हैं तो उनके पीछे मत भागो,*
*वे अपने अनुसार वापस आ जाएँगे।*

इस मामले में ऐसा नहीं है, पर मैंने अपने भीतर शांति स्थापित कर ली थी। ऐसी कोई चीज, जो लगभग खो चुकी है, उसके पीछे घूमना एकदम बेकार है। पर कहने और करने में बहुत फर्क है। किसी चीज को ऐसे ही जाने देना बहुत मुश्किल है, क्योंकि हम बहुत लंबे समय से उसके पीछे पड़े होते हैं। हममें कुछ लोग अन्य लोगों के मुकाबले इसे काफी अच्छे समय से कर लेते हैं। मैं उन लोगों में से एक हूँ। भाग्यशाली ? यह तो पता नहीं। पर मैं ऐसा सोचता हूँ कि मैं इसके लिए आभारी हूँ।

मैं लिखने के लिए बैठा। मैंने कल ही एक कहानी लिखकर खत्म की है और फिर एक पुस्तक खत्म की है। फिर मुझे आज क्या शुरू करना चाहिए? मेरी मेज के किनारे एवं दीवार के किनारे चींटियों की लाइन लगी हुई थी। मुझे उनका मार्च रिकॉर्ड कर लेना चाहिए।

यह पूरी दुनिया राजनीतिक एवं आर्थिक उथल-पुथल की चपेट में है, पर इसका यह मतलब नहीं कि चींटियों को अपना काम करना छोड़ देना चाहिए। उनके काम भी हमारी तरह गंभीर हैं और उसके बारे में कोई शोर नहीं करते।

ये चींटी बहुत मेहनती होती हैं। यह उनके लिए मेरा शीर्षक है। उनसे प्रभावित होकर निबंध भी बन सकता है या उन पर कविता भी बन सकती है, पर मैंने अभी शुरू किया है और मेरा आधा काम हो चुका था।

मैंने अपना पेन नीचे रखा, अपनी उँगलियों को चटकाया और अपनी कुरसी पर पीठ पीछे करके बैठ गया और बेगोनिया के छोटे गुलाब के फूल मेरी आँखों का आकर्षण बन गए। उसके पत्ते चमकते चॉकलेटी थे, गुलाबी फूल थे और ये फूल मेरे बेडरूम में लगभग पूरे साल उगते हैं।

कुछ पौधे आपके दोस्त हो जाते हैं। बगीचे के कुछ फूल खिले मौसम में उगते हैं, पर जब पहाड़ों में मौसम बहुत सर्द होता है, तब वे फूल सर्दियों में नहीं होते। जो लोग मुश्किल में हमारे साथ खड़े होते हैं—चाहे वे पौधे होते हैं या इनसान, वे ही हमारे सच्चे दोस्त होते हैं—हो सकता है कि हमारे आसपास ज्यादा लोग न हों, पर जो भी हों, हमें उनके साथ रहना चाहिए और हर मौसम में उनकी देखभाल करनी चाहिए।

आइवी एक वफादार पौधा है, जो मेरे बेडरूम की दीवार पर चारों ओर फैला हुआ है। मेरे बेडरूम कम स्टडी रूम में पर्याप्त प्रकाश और धूप आती है और जब खिड़की खुलती है, तो पहाड़ों की ओर से आती हुई ठंडी हवा अंदर घुस जाती है। एक बार जाड़े में यही ठंडी हवा भयंकर साबित हुई, जब इसने हमारे घर की छत उड़ा दी। पर अभी यह हवा शांत और खुशबूदार और दर्दहारी होती है। आइवी के पौधे को मेरा कमरा बहुत पसंद है और यह पौधा, जो मैंने देहरादून के अपने घर में बड़ा होते देखा, लगता है कि उसे मेरी मेज और दीवार बहुत पसंद आ गई है; पर अब मुझे यह दिक्कत हो रही है कि वह मेरी नोटबुक के ऊपर से होकर जाती है, खासकर मैं जब भी काम पर बैठता हूँ।

मुझे उन पौधों पर काम करना बहुत पसंद है, जो अन्य लोगों द्वारा तिरस्कृत कर बाहर फेंक दिए जाते हैं या जो बेकार हो रखे हैं। इस कारण

मेरी छवि एक पौधे के डॉक्टर के रूप में भी है। असल में, मैं एक बीमार पौधे को एक कोना दे पाता हूँ, जहाँ वह आराम से धीरे-धीरे बड़ा हो और जिन परिस्थितियों में उसे ढंग से नहीं रखा गया है, उससे हटकर उसे एक अच्छा वातावरण मिल सके। यह बहुत अच्छा है कि कैसे एक छोटा सा पेड़ या पौधा थोड़े से प्यार एवं प्रोत्साहन से ठीक हो जाता है! इसके बदले वह आपको एक अच्छी व प्यारी सी दोस्ती देकर जाता है।

पौधों द्वारा वफादारी दोस्तों की तरह है, इसका सम्मान किया जाना चाहिए और इसे पुरस्कृत भी किया जाना चाहिए। अगर घर के मुख्य द्वार पर डेंडोलियन अच्छी तरीके से बढ़ रहे हैं तो उन्हें वहीं बढ़ते रहने के लिए प्रोत्साहित करते रहना चाहिए। अगर सोरेल (खट्टी-मीठी घास) पहाड़ों के बदले खिड़की के नीचे उगने में खुश है तो उसे वहीं उगने देना चाहिए और मैं तो उसे वहीं उगने दूँगा, चाहे उस कारण मेरी खिड़की का पल्ला ढंग से बंद न हो रहा हो। अगर हाइड्रेंजिया मेरे बगीचे के बदले मेरे पड़ोसी के बगीचे में उग रहा हो तो पड़ोसी को हाइड्रेंजिया दिया जाना चाहिए। फूलों से प्यार करनेवालों के मन में दो तरह के व्यवहार नहीं होने चाहिए। हमारे मन में उदारता होनी चाहिए, लालच नहीं और मिठास होनी चाहिए, न कि द्वेष।

मेरे काम करने की जगह पर या आराम करने की जगह पर उसके अच्छे प्रभाव के बदले मुझे पुरस्कार के रूप में क्या मिलना चाहिए? एक शाम मैं जब अपने घर में आया तो मैंने पाया कि मेरे कमरे में बहुत सारी आवाजें एक सुर में आ रही हैं और वहाँ झींगुरों की तेज-तेज आवाजें आ रही हैं, क्योंकि उन्हें अपने पसंदीदा आइवी के पौधे मिल गए हैं। मुझे लगा कि पूरी रात मुझे वह अपना संगीत सुनाएँगे, पर जैसे ही मैंने कमरे की लाइट बंद की, वे सारे-के-सारे अचानक चुप हो गए।

मैं हिमालय के गढ़वाल प्रांत में मैपलवुड कॉटेज में कई सालों से रह रहा हूँ, जो करीब 7, 000 फीट की ऊँचाई पर है। मैं बहुत भाग्यशाली हूँ कि मेरे आसपास कई पेड़ हैं, जो मुझे शांति, सुरक्षा, चिड़ियों की मौजूदगी और मुफ्त में बहुत सारे फल देते हैं।

एक पेड़, जो अकेले खड़ा था, वह था अखरोट का पेड़। जाड़ों में इसकी शाखाएँ नंगी हो जाती हैं। बसंत में इनमें हरियाली छाने लगती है और हर शाखा में एक नया चमकीला और सख्त-सा पत्ता दिखने लगता है। गरमी के बीच में पूरा पेड़ पत्तियों से भर जाता है, और मानसून के अंत में अखरोट का बाहरी कवच हरा-सा दिखने लगता है और वह पूरा पक जाता है।

हर साल उस पेड़ से मुझे करीब एक टोकरी अखरोट तो मिलते ही हैं। पर हर एक साल उसमें से अखरोट एक-एक कर गायब होते जा रहें थे और मुझे यह समझ ही नहीं आ रहा था कि कौन उसे ले जा रहा है ? क्या ग्वाले का बेटा उसे ले रहा है ? वह बहुत फुरती से पेड़ पर चढ़ जाता है। पर उसे तो बाँज के पेड़ से खुशी मिलती है, क्योंकि उनसे वह अपनी गायों के लिए चारा जमा कर पाता है। उसने मुझे बताया था कि गायों को बाँज के पत्ते बहुत अच्छे लगते हैं और अखरोट के पेड़ों को मुँह भी नहीं लगातीं।

कहीं वह कठफोड़वा तो नहीं! वह पूरे दिन वहाँ रहता है और पेड़ की छाल पर बुरी तरीके से चोंच मारकर छेद करता रहता है और छोटे ही छेद में से कीड़े बाहर निकालने की कोशिश करता है। वह कठफोड़वा पूरी तरह से मांसाहारी है।

एक दिन मैंने देखा कि एक मोटा सा लंगूर अखरोट के पेड़ पर बैठा हुआ है। मैंने उसे कुछ देर के लिए देखा कि क्या वह अखरोट खा रहा है या

सिर्फ धूप में मुँह करके बैठा है? उस लंगूर को जब लगा कि मैं उसे नहीं देख रहा हूँ तो वह नीचे उतरा और जेरेनियम्स खा गया, पर उसने भी अखरोट नहीं खाए।

अखरोट हर सुबह गायब हो जाते और मैं तब तक बिस्तर में ही रहता। एक दिन मैंने जल्दी उठकर सबको आश्चर्य में डाल दिया, क्योंकि मैं सूर्योदय से पहले ही उठ गया था। मैं बस सुबह उठकर उस दोषी को पकड़ना चाहता था, जो उस पेड़ से अखरोट तोड़ रहा था।

वे एक बूढ़ी महिला थीं, जो सुबह-सुबह पहाड़ी पर घास काटने के लिए आती थीं। उनके चेहरे में अखरोट-सी झुर्रियाँ पड़ी थीं और वे उसे मदद कर रही थीं। उनकी उम्र के बनिस्बत उनके हाथ एवं पैर मजबूत थे। जब उन्होंने मुझे देखा तो बहुत जल्दी से जाने लगीं, जैसे किसी पेड़ से चालाक बिल्ली तेजी से जाती है।

मैंने उनसे पूछा, 'ओ दादी, आज कितने अखरोट लिये?'

उन्होंने अपनी हथेली खोलकर मुसकराते हुए कहा, 'सिर्फ दो' और मुझे भी उसमें से एक लेने को कहा। मैंने उसमें से एक ले लिया। इस बात से प्रोत्साहित होकर वे फिर से जल्दी पेड़ पर चढ़ गईं और बचे-खुचे अखरोट भी तोड़ डाले। उनको टोकना बहुत मुश्किल था। मैं उनकी पेड़ पर फुरती से चढ़ने की कला से बहुत प्रभावित हुआ। वे करीब सत्तर साल की थीं और मैं पैंतालीस का, पर मुझे पता था कि मैं कभी भी ऐसे तो पेड़ों पर नहीं चढ़ पाऊँगा।

विजेता हर पुरस्कार का अधिकारी है!

तुम लंबी घासों पर खड़े रहे,
नुकीली चीड़ की पत्तियों को पैरों से दबाते,
पर्वतों के किनारे से हवादार रोड पर जाते हुए
छोटी लाल चींटी, जो समुद्र पार कर जाए
बारिश की बूँदों की तरह, तुम्हारी किस्मत
उस अकेले तिरछे कॉस्मॉस बीज को घर ले जाती और
सूरज के आँचल में हाथ हिलाती।

मैं बहुत सालों के बाद देहरा में था, जहाँ मैं अपनी दादी के घर, जब बच्चा था, तब रहता था। मैं अभी भी जवान हूँ, नैतिकता की बातें मेरे दिमाग से कोसों परे थीं, पर इसके पीछे थोड़ा संघर्ष और दुःख था। दादी का घर बिक चुका था, अब वह मेरी पहुँच से बाहर था, पर देहरा अभी भी मेरा घर था।

वहाँ सिमेट्री में मेरे बहुत सारे रिश्तेदार थे, मेरे कई रिश्तेदार विदेश की धरती पर वापस चले गए। उनकी कब्र में हजारी के फूल खिले थे। पर देहरा के साथ थोड़ा नीला हमेशा साथ रहा। वह गड्ढों में उगता, खाली जगहों में उगता, उजड़ते बगीचों में होता, फुटपाथ में होता, खेतों के किनारे में होता, चूने के भट्ठे में होता, जो भी खाली जगह होती, वह वहाँ होता। उसे आप चाहो तो खरपतवार भी कह सकते हो, पर मेरे मन में ऐसे पौधों के लिए बहुत इज्जत थी, जो ईंटों, सीमेंट, पेट्रोल के धुएँ, चरनेवाली गायों और बकरियों और ठंड में (और वह सारे साल उगती) और उफनती नालियों के पास अपने आप उग जाते। जब तक छोटे फूलवाले खरपतवार हमारे पास होंगे, तब तक इनसान एवं प्रकृति दोनों के लिए उम्मीदें हैं। यहाँ तक कि मेरे लिए भी आशा है।

मैंने अपने मन में देहरा को सँभाले रखा, मैं बहुत आशावादी था और जब तक मैं राजपुर रोड आते ट्रैक करने लगा, मुझे भूख लग गई। ढाबे का मालिक अपने तंदूर में व्यस्त था और गरम रोटियों की खुशबू से मैं उनकी ओर आकर्षित होता गया और उनकी उस छोटी सी लकड़ी की बेंच पर जाकर बैठ गया। दो रुपए से भी कम कीमत में मैंने गरमागरम खाना खाया और फिर मैं आगे बढ़ने के लिए तैयार था…

अगर सौ फीसदी संभव नहीं है तो कम-से-कम पिचानबे प्रतिशत की तो कोशिश करो।

दूसरे शब्दों में, हम पूरी तरह से ठीक नहीं हो सकते, पर उत्तम होने का हमारा हमेशा उद्देश्य होना चाहिए।

जो बहुत आसान नहीं है। इसके लिए समय चाहिए, एकाग्रता चाहिए, प्रतिबद्धता चाहिए, त्याग चाहिए। आपको इसके लिए चीजों को त्यागना पड़ेगा, कुछ आराम को छोड़ना होगा, किसी एक चीज पर पूरी तरह से ध्यान जमाने के लिए आपको अपना ध्यान लगाना पड़ता है—किसी बीमारी का इलाज, एक वैज्ञानिक खोज, एक बेजोड़ आवाज, किसी संगीतमय साज पर अपनी मास्टरी, किसी खास गेम की स्किल, किसी साहित्यिक मास्टरपीस को पूरा करना, जिसे लोग असल में पढ़ सकें, किसी खेत को जोतना, किसी कपड़े की बुनाई, ऐसी किसी भी एक चीज में हमें पारंगत होना चाहिए।

कोशिशों से ही सफलता मिलती है, पर अगर कोशिश सच्ची हो और वह भी दिल से की जाए, तब ही सफलता मिलती है।

धूप में बियर पीना। स्प्रूस के पेड़ों में बारबेट की आवाज यह बताती है कि गरमी की शुरुआत हो गई है। पर्वतों के ऊपर कुछ अलसाए-से बादल घूम रहे होते हैं। क्या यह बादलों का पलायन है ?

दिन में किसी समय, मैं पेपर पर कुछ लिखता हूँ और कुछ पढ़ने लायक बनाने की कोशिश करता हूँ। पर मेरे बैंक में बहुत पैसे नहीं पड़े हैं।

हाँ, तुम अब मधुमक्खियों को देखो, उनकी तरफ देखो, वे खुद को एंटीरिहनम को अपने होंठों से छूती हैं और फिर अचानक से गायब हो जाती हैं। कुछ मिनटों के बाद वे फिर रस चूसने आती हैं और नीचे से शुरू करती हैं।

प्रसिद्धि हवा की तरह है। यह हर तरफ बहती है और फिर बिना किसी चेतावनी के गायब हो जाती है। बिना किसी बड़े प्रभाव का व्यक्ति होने के कारण मैं बड़े प्रभाव के लोगों से तब मिलता हूँ, जब वे गुमनामी में चले जाते हैं। लोग, जो कुछ सालों तक लाइमलाइट में रहते हैं, वे अचानक से भुला दिए जाते हैं। लेखक, कलाकार, खिलाड़ी, राजनीतिज्ञ यहाँ अन्य लोगों के मुकाबले ज्यादा देर तक प्रसिद्धि के लिए रहते हैं, पर हममें से अधिकांश लोग उसी दरवाजे से बाहर निकल जाते हैं, जहाँ से हमने प्रवेश किया है। जो पहले एक चमकता सितारा होता है, वह अब एक छोटा सा हिस्सा होता है। एक समय का बड़ा खिलाड़ी, अब कमेंटरी कर रहा होता है। एक समय का अवार्ड विजेता कवि या उपन्यासकार अब एक शराबी बन जाता है। एक समय का ताकतवर नेता, अब बूढ़े होने पर किसी बैठक में मुश्किल से ही पूछा जाता है।

समय बीत जाता है और हम सबको वह सामान्य से इनसान के स्तर पर वापस ले आता है (जहाँ से हम सब जुड़े होते हैं)। हममें से कुछ लोग संघर्ष करते हैं और अस्पष्टता के विरुद्ध शेखी बघारते हैं। मुझे लगता है कि हमें उसका भी सम्मान करना चाहिए। जब हमने प्रसिद्धि की इतनी धूप देखी है तो हमें उसे चश्मे से बाहर निकलकर छाँव का आँचल भी महसूस करना चाहिए।

बहुत सारे शब्दों से हार नियत है। आदमी जितना कम जानता है, वह उतनी ही देर में इस बात को बताता है।

मैं हमेशा से ही संतों और स्वयं को भगवान् घोषित करनेवालों से, ज्ञान देनेवालों व शिक्षकों से दूर रहता हूँ, जिनके पास हर समस्या का समाधान है। एक बात तो है कि वे बहुत बोलते हैं। जब मैं स्कूल में था तो मैंने सो जाने की कला में पारंगतता हासिल कर ली थी (जिसमें ऐसा लगता भी नहीं था कि मैं सो रहा हूँ), उस समय वे लेक्चर लंबे भाषण या व्याख्यान होते थे, जो या तो हमारे प्रधानाचार्य या विजिटिंग डिग्निटरी देते थे और मुझे यह स्वीकार करने में कोई दिक्कत नहीं थी, मैं आज भी वही करता हूँ। ट्रिक यह है कि आप अपनी आँखें आधी बंद कर सो जाइए, उससे ऐसा लगता है कि जो कुछ भी बोला जा रहा है, आप उसे बहुत ध्यान से सुन रहे हैं, जबकि बात यह है कि आप अपने सपनों में बहुत प्रसन्नता के साथ घूम रहे होते हैं।

हमारे टी.वी. चैनल गुरु और विशेषज्ञों से भरे पड़े हैं और वे यह बताते हैं कि कैसे जीना चाहिए और वे बखूबी यह करते हैं। टी.वी. के प्रस्तुतकर्ता लेक्चर देने के आदी होते हैं और साथ ही वे वहाँ आए हुए मेहमानों को अपने शो में परेशान करने के आदी होते हैं। वे ऐसा दिखाते हैं कि उन्हें सबकुछ आता है। जीने के लिए एक दर्शन होना चाहिए? आपको यह अपने टी.वी. चैनलों में नहीं मिलेगा या भगवानों द्वारा तथाकथित भेजे गए देवदूतों के जरिए तो यह कभी नहीं मिलेगा। आपको यह ज्ञान किसी पानवाले या किसी रास्ते में ठेला लगानेवाले से मिलेगा।

मैंने अपने सब्जीवाले से एक दिन पूछा कि आपका जीवन-दर्शन क्या है?

मेरे लिए हरी सब्जियाँ चुनते हुए उसने मुझसे कहा, 'आपने मुझसे यह बात पहले भी कई बार कही है।'

'हाँ, पर आज के जीवन का तुम्हारा दर्शन क्या है?'

'जो कल था, वही आज भी है। वह, जिससे मुझे एक अच्छा उपभोक्ता मिल जाए।'

'मेरा पैसा आपको खुश कर देगा?'

उसने मुझसे कहा, 'यह तभी होगा, जब पालक से आपको खुशी मिलती है और आप फिर वही लेने के लिए आएँगे।' और फिर उसने मुझे मेरे रास्ते भेज दिया।

इमर्सन ने कहा, 'हर दिन को पूरा करें और उसे खत्म करें। आप जो कर सकते थे, उसे पूरा कर दिया। इसमें कोई संदेह नहीं कि कुछ भूल और गलतियाँ उसमें अंदर घुस गईं। जितनी जल्दी हो सके, उसे भूल जाएँ; कल फिर एक नया दिन आनेवाला है, उसे अच्छे से शुरू कीजिए और पूरी पवित्रता के साथ पूरे जोश से उसे करिए, जिसमें आपका पुराना पागलपन छुपा हो।'

पर अपनी गलतियों से दूर होने के लिए क्या उसे भुला देना काफी है? मैं पक्का नहीं हूँ कि हम तब तक भुला नहीं पाते, जब तक हम याद करते हैं और यह मान लें कि हम गलत हैं।

पूर्व की अपनी गलतियों से निकलकर उसे भुला पाना क्या काफी है? मुझे पक्का नहीं लगता कि हम इसे भूल पाएँगे, जब तक हम इसे याद रखेंगे और यह स्वीकार करेंगे कि हम गलत थे।

हम किसी चीज को वापस उसी तरह से नहीं ला सकते, जो हमने किया है, पर हमें दूसरा मौका जरूर मिलना चाहिए।

बेहतर है कि बेकार अनुभवों को भुला दिया जाए, इससे पहले कि वे कड़वे और पुराने हो जाएँ। पर हाल-फिलहाल में एक वयोवृद्ध पत्रकार विनोद मेहता के संस्मरण को पढ़ रहा था।

मेरी एक कहानी 'डेबोनेयर' मैगजीन में प्रकाशित हुई (जिसके वे 1970 में संपादक थे), उन्होंने हमारी नैतिकता के मुद्दे पर सवाल उठाया और स्थिति यह आ गई कि मुझ पर आपराधिक मुकदमा तय हो गया और मुझे गिरफ्तार कर लिया गया।

कोई भी व्यक्ति, जो कैद में हो, इस प्रकार के अनुभव के मजे नहीं ले सकता। वारंट में खराब चीजें पढ़ने को मिलती हैं, खोजी कहानियों के अलावा। तो ऐसे में एक सही गद्य और हलका-फुलका पद्य लिखनेवाला इसे कैसे लेगा? इस कारण अगर किसी को नर्वस ब्रेकडाउन हो जाए तो कोई आश्चर्य की बात नहीं और संभावनाएँ ऐसी ही लगती हैं, पर मैं थोड़ा सा बच गया।

मैं पुलिस स्टेशन के बरामदे में एक सख्त सी बेंच पर बैठा हुआ था और अपने कुछ दोस्तों का इंतजार कर रहा था, जो वहाँ आते और मेरी जमानत कराते, तब मैंने बरामदे से देखा कि अबाबील नाम की वह चिड़िया बरामदे के अंदर-बाहर कर रही थी और पुरानी बिल्डिंग के छज्जे पर अपना घोंसला बना रही थी। इसमें कोई नई बात नहीं थी। अबाबील को पुलिस स्टेशन बहुत पसंद है। पर बस, यह इतना सामान्य सा इलाका था कि मैंने उसे दिल से ले लिया।

इसके लिए सही शब्द होगा—आश्वस्त होना। जिस समय थोड़ी ज्यादा मुश्किल में होते हैं तो उस समय थोड़ा आश्वस्त होना आवश्यक होता है। जैसेकि एक दोस्ती भरा जाना-पहचाना चेहरा, एक अलसाया हुआ ड्रोन।

आपको कुछ तो पता चलेगा कि कुछ समय के लिए चीजें हाथों से बाहर जाएँगी, पर शेष दुनिया सामान्यत: वैसी ही चल रही होगी। वहीं मेरे लिए कुछ और आश्वस्त करने से ज्यादा और क्या होगा कि मैंने एक साथ कई अबाबील देखीं—जो थाने के डर से बेखौफ थीं—और अपना काम किए जा रही थीं!

काम काम होता है। यही काम आश्वस्त करता है। उन छोटी सी चिड़िया को देखकर मुझे बहुत प्रोत्साहन मिलता है।

अब कोई अधिकारी मेरी ओर आया, मुझे अपने कार्यालय की ओर ले गया और मुझे फॉर्म भरने को कहने लगा। मैंने उनसे कहा, 'क्या आपने नोटिस किया कि आपके बरामदे में अबाबील अपना घोंसला बना रही हैं?' वह अवाक् होकर मेरी ओर देखता रहा। उसने उन अबाबील को नोटिस ही नहीं किया था। यह अबाबील क्या होती हैं, ऐसा लगने लगा कि मैं किसी जेल में जाने के बदले असाइलम में लेनेवाला व्यक्ति था।

पर मुझे पता है कि उस खाली-से भाववाले चेहरे को देखना, उस स्थिति को देखने के बराबर है, जहाँ मैं एक ऐसे इनसान से डील कर रहा था, जिसकी विनती मेरे से भी ज्यादा खराब थी, क्योंकि उसे आश्वस्तता बहुत जल्दी या आराम से तो नहीं मिल पाएगी।

पहाड़ों की एक रात—

यह गरमी की शुरुआत थी और मैं गढ़वाल के हिमालय में अपने दोस्त के साथ ट्रैक कर रहा था। उसमें पूरा दिन चला गया और गाँव के बाहर हमारा स्वागत भैंसों की भीड़ ने किया, जो संध्या होने के साथ अपने घरों की ओर वापस लौट रही थीं और लोग हुक्का सुड़क रहे थे और गाय के गोबर की गंध जानी-पहचानी लग रही थी।

शाम को अपने दोस्तों के साथ रम पीकर और रात्रि का भोजन करके हम अपने बिस्तरों पर सोने को चले गए। मेरी चारपाई एक नीबू के पेड़ के नीचे बिछी थी, जो आँगन के किनारे लगी थी। अभी चाँद उगा नहीं था और झींगुर शांत थे।

मैंने नीले आकाश में तारों की छाँव में अपनी चारपाई में खुद के हाथ-पाँव खींचे। जैसे ही मैंने अपनी आँखें बंद कीं, किसी ने नीबू के पेड़ों को हवा दी और उसकी पत्तियाँ हिलने लगीं, तभी रात की हवा में नीबू की ताजी अच्छी खुशबू आने लगी और हमेशा के लिए मेरे लिए यह पल यादगार हो गया।

पहाड़ों की एक सुबह—

मेरी चारपाई के पास के नीबू के पेड़ से झींगुरों की आती आवाज से मैं सोकर उठा। सूरज की पहली रोशनी के तुरंत बाद पत्तियों के झरोखों से मैं विशाल हिमालय की बाह्य रेखा को देख रहा था, जो ऐसा लगता था कि वह ऊँचे आसमान को छू रही है। मैं उस छोटे से मकान को देख रहा था, जहाँ मैं एक मेहमान था और एक सँकरी छत के बीच में खड़ा था। मैं वहाँ से अन्य दूसरे घरों को भी देख पा रहा था, जो एक-दूसरे से थोड़ी दूरी पर थे और उनके पास अपनी थोड़ी-थोड़ी जमीनें थीं। मैं वहाँ से पेड़ और झाड़ियाँ दोनों देख सकता था और वह रास्ता, जो हमें देवदार के जंगलों की ऊँची पहाड़ियों में ले जा सकता था।

उन दूर खड़े पर्वतों की ऊँचाइयाँ अचानक से जगमगाने लगीं, क्योंकि बर्फ से घिरी चोटियों के पीछे से सूरज चमक रहा था। घर का दरवाजा अचानक से खुला। वह घर हिलने-सा लगा। घर के अंदर से मुरगे ने बाँग दी और दिन का स्वागत करने लगा और गाँव के दूसरी तरफ कुत्ते भौंकने लगे। नीलकंठ भी एक आवाज करता गया और वह आँगन से उड़ता हुआ पहाड़ियों पर चला गया। फिर अचानक से सारी चीजें जीवंत-सी हो उठीं और फिर पूरे गाँव में अलग सी चहल-पहल होने लगी।

जब मैं कर सकता था, तब हिमालय की तराई में मैं ट्रैक करता था। एक बार मैं बिना किसी विश्राम के कई किलोमीटर तक चलता रहा। एक पहाड़ी में आते हुए थोड़ी हरियाली दिखी तो मैं स्वयं को डाँट रहा था कि अपने साथ मैं पानी की बोतल नहीं लाया। मैंने फर्न की छोटी ताजी पत्तियों को थोड़ा हटाया तो चट्टान के पास पाया कि मुझ जैसे प्यासे यात्री के लिए अमृतरूपी पानी निकल रहा है।

मैं वहाँ घंटों बैठा रहा, पानी को नीचे गिरते देखता रहा, जो बूँद-बूँद कर आ रहा था और जो चट्टान पर टपक रहा था। हर बूँद में पुनर्निर्माण झलक रहा था। फिर मैंने पाया कि उसी झरने में बहुत तेजी से एक और झरना आकर मिल गया और धार तेज हो गई, और फिर एक पहाड़ी से होता हुआ वह दूसरी पहाड़ी में गिरता गया और फिर वह नदी का हिस्सा हो गया। फिर वह नदी एक विशाल नदी में मिल गई और कई किलोमीटर के बाद सागर में मिल गई।

इसलिए लाओ-त्ज़ू, जो एक दार्शनिक और ताओज्म के संस्थापक थे, ने कहा कि पानी की तरह बहो, सरल और पारदर्शी और उसके जरिए अपना रास्ता ढूँढ़िए और किसी बाधा के बीच कई मील की यात्रा करके वह खुले में मिल जाती है। वह लड़ती नहीं है, बस, आगे बढ़ जाती है।

सीटी बजानेवाली चिड़िया यहाँ फिर से है, वह बारिश के पानी में नहा रही है और खिड़की के नीचे बारिश के पानी में फुदक रही है। वह इस स्थान को पसंद करती है। अब, जब थोड़ी भी बारिश नहीं थी, तब भी गड्ढे को मैं पानी से भर देता हूँ, जिससे कि उसमें मेरी पसंदीदा चिड़िया आती रहें।

उसके नहाने के बाद, वह अपने शरीर के पानी को अखरोट के पेड़ में छिड़क देता है। उसके चमकीले काले-नीले पंख सूरज की रोशनी में चमक रहे थे। वह किसी भी समय गाना शुरू कर सकता है।

वह अब शुरू हो गया! उसने सुर निकालने की कोशिश की, स्वयं पर सीटी बजा रहा था और फिर अपने सुरों पर पक्का होने के बाद, वह अपनी आवाज दूर जंगलों में भेजता है।

मार्च के अंत में जाड़ा समाप्त हो गया।

मसूरी के ऊपर चारों ओर काले बादल छाए हुए थे और फिर आधे घंटे के बाद ओलावृष्टि होने लगी। ओलों के बरसने के बावजूद आकाश बहुत अच्छे से साफ हो जाता है। अब जब मैं लिख रहा हूँ तो इंद्रधनुष बन रहा था।

बारिश रुक गई और मेरा दोस्त जाने लगा। काश! वह रुक जाता, काश! बारिश इतनी जल्दी रुकती ही नहीं।

पर फिर से बादल टूटने लग गए और सूरज मेरी बाईं ओर के पर्वत पर चमकने लगा। एक स्त्री स्टिक काट रही थी। मैंने गायों के गले में घंटी की आवाज सुनी। एक ड्रेनपाइप से पानी टपक रहा था। फिर अचानक साफ एवं स्वच्छ और सीटी बजाने का गीत एक रहस्य की तरह उभरकर आएगा, जैसे कोई खड्ड हो!

□

एक नई पुस्तक की रिलीज पर मेरे अस्सीवें जन्मदिन पर मेरे पास एक पत्रकार मेरा इंटरव्यू करने आया था। (चाहे वह पूर्व में हो या बाद में, मुझे यह नहीं पता)। आप अस्सी के हैं और आप इतने एक्टिव हैं और हमेशा लिखते रहते हैं। उसने पूछा, 'आपकी इस ऊर्जा का रहस्य क्या है?'

मैंने उससे कहा, 'रहस्य' और उसे अपनी आलसी प्रवृत्ति के बारे में बताया। 'मैं जब चाहता हूँ, तब सो जाता हूँ; जब खाने का मन करता है, तब खाता हूँ, बहुत सारी पुस्तकें पढ़ता हूँ और पुरानी दीवारों पर बैठकर सपने देखता रहता हूँ।'

दीवारों पर बैठना और लगभग कुछ नहीं करना, अनमने-से पड़े रहना मेरा हमेशा से ही पसंदीदा काम था। पर इन दीवारों पर और बहुत सा ऐसा खाली समय मैंने दीवारों पर बिताया।

पर इन दीवारों और उन बिताए हुए खाली समय के लिए मैंने कभी कोई कहानी, निबंध या कुछ नहीं लिखा। यह सिर्फ दीवारें नहीं हैं जिससे मुझे कुछ लिखने का विचार नहीं आया, पर यहाँ बैठकर मैंने जीवन के लिए अपना एक विचार बनाया। इसे आप 'रचनात्मक अकर्मण्यता' कह सकते हैं। दुनिया को समझने की एक कोशिश—ठंडी हवाएँ, पुराने पत्थर की गरमी, पहाड़ पर एक छिपकली, एक घास पर बारिश की बूँद। ये कुछ ऐसी स्थितियाँ थीं, जो मुझ पर अपना प्रभाव डालती थीं, मुझे इस प्रकार निष्क्रिय एवं सौम्य देख लोग मुझ पर मुसकराकर चले जाते थे। गाड़ी चलाते हुए वह एक-दूसरे को देख, मुझे 'पागल लेखक' कहते और फिर वह ऐसे भागते जैसे कि इंद्रधनुष छूने जा रहे हों। चूँकि वह जल्दी में होते, इसलिए मैं हाथ हिलाकर उनका अभिवादन करता और उनके आनेवाले जीवन के लिए शुभकामनाएँ देता।

बारिश की एक दोपहर मसूरी की कैंब्रिज बुकशॉप के अंदर बैठकर मैं आती-जाती दुनिया को देख रहा था, कभी-कभार आनेवाले पाठकों के लिए पुस्तकों या कागज के टुकड़ों पर हस्ताक्षर करना (यह ऑफ सीजन था), ऐसे में मुझे ई.एम. फोर्स्टर की याद आ गई। न सिर्फ फोर्स्टर, बल्कि उनकी अमिट बातें, जो दो पंक्तियों की थीं, सिर्फ जोड़ें।

जिंदगी की तरह कला से भी हमेशा जुड़े रहें। मैंने हमेशा यह विश्वास किया है कि बातचीत करने के लिए अच्छे तरीके से पढ़े जाने के लिए एक लेखक पर ही हमारा निशाना होना चाहिए। लोग यह पूछते हैं कि मेरा स्टाइल इतना सरल क्यों है? मैं चाहता हूँ कि मेरे पाठक वही पढ़ें, जो मैं महसूस करता हूँ; वही देखें, जो मैं दिखाना चाहता हूँ और बड़े-बड़े वाक्य एवं शब्द मेरे शेयर करने के बीच में आते हैं। यही स्पष्टता और ईमानदारी मैं पाना चाहता हूँ। अपने पाठकों से इसके बिना संबंध बना पाना मुश्किल है। इसके अलावा, किसी के साथ भी साफ एवं स्पष्ट होना चाहिए, जो सबसे सरल बात है।

किसी भी मुद्दे का मूल कभी भी क्लिष्ट नहीं होना चाहिए। इसके लिए हमें बहुत सारे शब्दों का प्रयोग नहीं करना चाहिए और न ही उन्हें शेयर करना चाहिए। लेखन के लिए मेरा सिद्धांत यह है कि जितना संभव हो सके, उतना स्पष्ट होना चाहिए और साफ-सुथरे पानी की धारा की तरह इसे बहना चाहिए। आपको इस कारण बीच में बड़े बड़े रोड़े भी देखने को मिलेंगे, पर आप उन पर या उसकी ओर से न जाना सीख जाएँगे, जिससे आपका प्रवाह बेरोक-टोक हो। अगर आपकी धारा बहुत ज्यादा मटमैली या सुस्त है तो आपको लेखन का वह भाग हटा देना चाहिए। उस स्रोत

पर जाएँ, उस फुहारे की ओर जाएँ, जहाँ पानी सबसे स्वच्छ है। आपके विचार पर्वतों की हवा की तरह शुद्ध होने चाहिए; जहाँ किसी प्रकार का कोई संघर्ष न हो।

~

कुछ लोग चाहते हैं कि साहित्य क्लिष्ट होना चाहिए। इसके साथ ही कुछ ऐसे लेखक होते हैं, जो अपने पाठकों को अपनी भाषा से पानी पिला देते हैं। उस समय यह आशा करते हैं कि उन्हें और गंभीरता से लिया जाना चाहिए। हालाँकि यह मेरा तरीका नहीं है, पर मैं चाहता हूँ कि वे मेरे स्थायी पाठक बने रहें।

मैं जब यह लिख रहा हूँ तो मुझे अपने पिता की याद आती है। शब्दों और वाक्यों के बारे में गंभीरता से सोचने से बहुत पहले और सरलता की कला को देखते हुए, उन्होंने संप्रेषण को लेकर मुझे सलाह दी। उनके द्वारा मुझे लिखा गया यह आखिरी पत्र था, जिसमें लिखा गया—

'रस्किन, मैं तुम्हारे लेखन के बारे में तुम्हें बताना चाहता था, पर मैं भूल गया। कभी-कभी मुझे तुम्हारे द्वारा लिखे गए पत्र मिलते हैं, जो बहुत छोटी हैंडराइटिंग में लिखे होते हैं, जैसेकि तुम बहुत सारी खबरें एक ही चिट्‌ठी में लिख देना चाहते हो। मुझे पता है कि तुम्हारी हैंडराइटिंग बहुत सुंदर है और अपनी सुलेख प्रतियोगिता में तुम अपनी क्लास में प्रथम आए थे, पर कोशिश करो कि तुम थोड़ा बड़ा लिखो और इस बात से मत घबराना, अगर एक ही पन्ने में सारी खबरें न आएँ, पर अब से थोड़े बड़े अक्षर लिखा करो।'

स्पष्टता के बारे में यह पहला पाठ है।

रेड स्मिथ का कहना है कि 'लिखना आसान है। आपको सिर्फ यह करना है कि आपको छोटा सा टाइपराइटर लेकर तब तक बैठे रहना चाहिए, जब तक आपके माथे से खून की बूँदें टपकने न लग जाएँ।' पर हममें से किसी के लिए यह सही भी होगा, पर मैं इससे परेशान नहीं होनेवाला। चाहे वह संकेत खून की थोड़ी सी बूँद हो या पसीने की बूँद, तो मैं अपनी मेज से उठ जाऊँगा और कुछ अलग करने की कोशिश करूँगा, जैसे—खुद के लिए सैंडविच बनाऊँगा, अपने पेड़ों को पानी डालूँगा, पैदल जाऊँगा या दूधवाले के साथ राजनीति और मौसम को लेकर चर्चा करूँगा। लिखना इतना आसान नहीं होता, अगर मैं इसे इतना मजे से नहीं कर रहा होता तो मुझे पता है कि मैं कुछ और ही कर रहा होता।

अगर मैं थीम के साथ खुश हूँ तो लिखना मेरे लिए आसान है। मुझसे पेटुनिया के ऊपर एक आलेख लिखने को कहा जाए तो मैं उस एक साधारण से फूल पर भी एक उत्साहित निबंध लिख सकता हूँ। मैं किसी ऐसे व्यक्ति के ऊपर भी कहानी लिख सकता हूँ, जो पेटुनिया उगाता है, क्योंकि ऐसे व्यक्ति के पास कुछ-न-कुछ जबरदस्त गुण तो अवश्य होंगे। मैं उस पेटुनिया उगानेवाले के प्रेम भरे जीवन में भी घुस सकता हूँ, क्योंकि जो फूलों से प्यार करते हैं, वे अपने स्वभाव से प्यार करनेवाले होते हैं, इसके अलावा वे आकर्षक लोगों के प्रति जोशीले होते हैं। पर अगर आप मुझसे किसी राजनीतिज्ञ या मीडिया टाइकून के बारे में बात करें तो मैं स्टंप हो जाऊँगा और स्तब्ध हो जाऊँगा। खून की वह बूँदें देखने से डर लगता है। मैं इन मुद्दों पर जिंदगी के बारे में सोच भी नहीं सकता, चाहे वे कितनी ही अच्छी क्यों न हों! अच्छे व्यक्तित्व, उनके स्वभाव की खूबसूरती मुझे अपनी ओर आकर्षित करती है। ऐसा नहीं

कि वे बहुत क्लिष्ट हैं, पर सुरक्षित हथियार के रूप में हमें बहुत सारी परतों को उकेरना होगा, जिससे हमें त्वचा के अंदर का मांस एवं खून मिल जाए। अच्छा प्रभाव पाने के लिए बड़े शब्दों का उपयोग किया जाता है, उसके लिए अच्छे विराम देने पड़ेंगे, एक अच्छा प्रभाव पाने के लिए वे चुपचाप एक बात कहेंगे—या कुछ और नहीं कहेंगे—जो हमें नायक के मन, अपने दिल और दिमाग के करीब आने से रोके।

मैं अधिकांशतः छोटी जगहों शामली और सहारनपुर, दार्जिलिंग और देहरा, करनाल एवं कसौली, मेरठ एवं मसूरी में रहा हूँ। इन जगहों को मैं बहुत अच्छे से जानता हूँ, जहाँ मुझे अपने दोस्त, हीरो मिल जाते हैं और साथ ही मेरी कहानियाँ भी…

मेरे खयाल से टॉलस्टॉय ने एक बार में यह बात कह दी थी कि 'किसी भी व्यक्ति को तभी लिखना चाहिए, जब कोई स्याही के पात्र में अपने शरीर का एक टुकड़ा डाल दे और हर बार कोई उस पात्र में पेन डालकर कुछ लिख दे।'

इस संबंध में मैंने कुछ और पंक्तियाँ इसमें जोड़ दीं—स्याह पात्रों के लिए भी कुछ लिख दिया जाना चाहिए और उन हाथों के लिए भी, जो इन हाथों को पकड़ते हैं। पर किसी के दिल और आत्मा को टाइपराइटर और कंप्यूटर से शेयर करना बहुत मुश्किल होता है। मैंने बहुत पहले ही टाइपराइटर छोड़ दिया था। हाथ से लिखने का मजा ही कुछ और होता है। इससे मैं अपने बचपन में चला गया, जब मैंने अक्षर लिखने शुरू किए और फिर उन्हें आपस में जोड़ना शुरू किया। जब भी मुझे कोई दिक्कत होती तो मेरे पिता मेरे हाथ के ऊपर अपना हाथ रखकर मुझे सिखाते और कागज के ऊपर लिखते।

उनका हाथ अभी भी वहाँ हैं। मैं जब भी लिखता हूँ, उसे अभी भी महसूस करता हूँ।

प्रिय पाठको, वही लंबे से हाथ आपको भी हमेशा छूते रहें।

हम कभी भी अकेले नहीं होंगे।

'आर' शब्द से मैं हमेशा लड़ता रहा···, फिर मैं बुद्धू बन गया और फिर उनसे सुलह कर लेता। मैं यह कब सीखूँगा कि जिंदगी कोई उपन्यास नहीं है ? जीवन किसी उपन्यास की संस्था नहीं है। यहाँ लोग नाटक खेलनेवाले अदाकार नहीं हैं, वे किसी जमीन की जरूरत को मना करते हैं, यहाँ तक कि उन्हें उसकी जरूरत भी नहीं होती।

हमें लोगों को उनके अनुसार ही स्वीकार करना चाहिए कि हम उनके साथ रहना चाहते भी हैं कि नहीं। हम् लोगों को सच में बदल नहीं सकते। सिर्फ गिरगिट ही रंग बदल सकता है, जिससे वह हमें धोखा दे सके।

आप किसी से प्यार तो नहीं ले सकते, पर प्रेमी का तिरस्कार तो कर ही सकते हैं।

हमें यह पता ही नहीं होता कि क्या हो रहा है, और हम बूढ़े होने लगते हैं।

मैं एक सुबह उठा, अपने बिस्तर के किनारे बैठा था और कुछ सोच में पड़ गया और दस मिनट के बाद मैंने पाया कि मैं अभी भी बिस्तर के किनारे ही बैठा हुआ हूँ। मैं अपने जमाने में स्कूल की फुटबॉल टीम का गोलकीपर था। मैं बूढ़ा कब हो गया?

फिर दिन के समय मैंने सोचा कि मैं थोड़ा पैदल चल लूँ। मैं फ्लैट से कुछ कदम नीचे उतरा और फिर सड़क के किनारे तुरंत एक जगह आराम करने के लिए बैठ गया।

प्रो. उनियाल स्कूटर चलाकर आ रहे थे, वे रुके और उन्होंने कहा, 'मि. बॉण्ड, मैंने आपको पीछे से पहचान लिया था।'

'आपका धन्यवाद सर, आप बड़े दयालु हैं, न पहचाने जाने से अच्छा है कि पीछे से ही पहचान लिये जाएँ।'

मजाक कर लेने से आप बुरी-से-बुरी स्थिति से बाहर आ सकते हैं।

काश, मैं एक ताओस्टि होता! मैं बूढ़ा हो गया हूँ, पर अभी भी कोशिश कर रहा हूँ। पर मैंने एक जर्नल तब से अब तक अपने पास रखा है, जब मैं तीस का था—

'पिछली रात एक भारी तूफान आया था। ऐसा लग रहा था कि पूरा पर्वत उस भयंकर हवा से हिल जाएगा। प्रेम सारा समय खुश था, हँस रहा था। कभी-कभार मुझे यह बात थोड़ी परेशान करती थी, ऐसा इसलिए भी था कि उसे पता ही नहीं था कि उसके आसपास क्या हो रहा है—ऐसा लग रहा था कि छत का एक हिस्सा तूफान में उड़ जाएगा—पर मैं एक अच्छा ताओस्टि हूँ, मैं कुछ नहीं कहता, मैं सही समय की प्रतीक्षा में रहता हूँ। इसके अलावा, किसी की खुशियों में व्यवधान डालना अपने में एक जुर्म है।'

कौन कहता है कि उम्र के साथ हम बेहतर होते जाते हैं?

सेरावेंट्स : 'नींद के आविष्कारक का भगवान् भला करें, यह एक ऐसी घड़ी है, जो आदमी के सारे विचारों को ढक लेती है।'

सेरावेंट्स ने सही किया। उसने अधिकतर अच्छा ही किया है। आपको पता होना चाहिए कि गरम देशों में अल्पनिद्रा के प्रावधान का स्पेन में ईजाद हुआ था, जिससे वह मेक्सिको और दुनिया के अन्य देशों में आया। फिर भारत में तो यह जरूरी ही था। पसीने में लथपथ किसान दोपहर में बरगद की छाँव में छोटी नींद लेकर थोड़ा सुस्ता लेते हैं। बनिया भी अपनी दुकान का शटर एक घंटे के लिए नीचे गिरा देता है कि वह भी अल्पविराम ले सके। एक व्यस्त एक्जिक्यूटिव ए.सी. को चालू रखे रहता है, क्योंकि वह मीटिंग में होता है।

मेरी भी अपनी मीटिंग होती है, खासकर से रात में या संध्या में, जब प्यारे स्वप्न मेरी नींद में आते हैं और मुझे थोड़ा और सोने देते हैं। दोपहर की मेरी नींद सपनोंवाली नहीं होती, उसमें मैं पूरी तरह से सोता हूँ और जो मुझे जगाता है, उस पर मैं गुस्सा करता हूँ। उस समय मेरी भाषा बहुत ही रंगीन हो जाती है।

दिन या रात के किसी भी समय मैं इतनी शांति से क्यों सो पाता हूँ? कभी तो इसलिए कि मेरे विचार बहुत स्पष्ट होते हैं। पर मेरा विवेक स्पष्ट नहीं होता, मैं अपराध–बोध से भरा हुआ हूँ। क्या नींद मेरी वह घड़ी है, जो मेरे अपराध–बोध को कवर करती है?

क्या यह उम्र है? या सिर्फ इसलिए कि मेरा तकिया बहुत मुलायम

है? एक अच्छे तकिए से किसी की जिंदगी में पूर्णरूपेण परिवर्तन हो सकता है। एक बार गलत तकिए पर सोकर देखो और अगली सुबह एक गुस्सैल व्यक्ति के रूप में उठोगे! सही तकिया होने से आदमी एक प्रसन्न व्यक्ति के रूप में उठता है।

शहर के एक रेस्तराँ के लुक में परिवर्तन हुआ। उसकी दीवारों में बड़े-बड़े शीशे लगे हुए थे। जब भी डिनर का समय होता है तो उसमें उन्हें अपना अक्स दिखाई देता है। कुछ लोग उत्साह के कारण उन्हें देखते हैं और अपना भोजन भूल ही जाते हैं। कुछ लोग खुश दिखाई देते हैं और कुछ लोग संकोची होते हैं। मुझे पुराने लकड़ी के पैनल पसंद हैं। हर किसी के पास एक अच्छी संगत थी और उन्होंने एक-दूसरे को अच्छा भोजन दिया और एक-दूसरे का ध्यान रखा।

मुझे शीशे में अपना अक्स देखना निहायती समय बरबादी लगती है। चाहे हम अपने लुक को अच्छा करने के लिए कुछ भी कर लें, पर हमारा वही पुराना चेहरा पीछे मुड़कर हमें हर दिन देखता है। हमें सिर्फ एक—आयामी दृश्य दिखाई देगा—हमें हजारों जहाजों को लॉञ्च करनेवाला एक चेहरा तो दिखेगा, पर उसका चेहरा नहीं देख पाएँगे, जिसने उसे डुबोने में मदद की।

जितना हो सके, शीशों से दूर रहो। आपको शीशे की जरूरत दाढ़ी बनाने, चेहरे पर थपकी मारने अर्थात् चेहरे पर कुछ भी लगाने के लिए हो सकती है, फिर उसके बाद उस शीशे को अपने से दूर रखो और दुनिया को देखने की कोशिश करो, क्योंकि दुनिया की वह आकृति ज्यादा आकर्षक लगती है।

जेरेनियम की जंगली प्रजाति (अंग्रेजी नाम के अनुसार जिसकी गोलाकार पत्ती, जो क्रेन के बिल की तरह होती है) जिसके छोटे बकाइन फूल होते हैं और जिन्होंने मेरी बातों का जवाब दिया हो, वे टब की तरह दिखते हैं, जहाँ मैंने इसे बढ़ने के लिए प्रोत्साहित किया। उसने भी मेरी दोस्ती के प्रस्ताव को कभी नहीं ठुकराया, मैंने भी उसके बदले उसे एक छायादार बरामदा दिया। बरसाती अगस्त तक इसे मेरा ही पौधा बने रहने दो।

मुझे नहीं लगता कि बिना फूलों के साथ के मैं जिंदगी में बहुत कुछ कर पाता! वे अपने को बनाए रखते हैं और उत्तेजित होते रहते हैं। मेरी मेज काम करने की एक जगह ही थी, पर जब बीना या उसके बच्चों में से किसी एक ने उस पर फूलदान रख दिया तो वह एक प्यार की जगह बन गई। चाहे उसमें गुलाब हो या क्राइसेंथेमम या साधारण सी डेजी, वह मेरे काम में मुझे मदद करने लगी। फूल हमेशा हमें यह याद दिलाते हैं कि जिंदगी में बहुत खूबसूरत पल होते हैं।

फिर भी मेरी पसंद यह जंगली फूल ही हैं। उनके बारे में सबसे अच्छी बात यह है कि उन्हें कुछ सिखाया नहीं जाता और वे खुद ही लोगों को खुश करने के लिए तैयार होते हैं। जब मैं पैदल घूमने के लिए बाहर निकलता हूँ तो मैं उन जंगली फूलों को देखता हूँ, यहाँ तक कि सबसे अच्छा फूल भी पहाड़ों के पीछे छुपा होता है। अगर हमें उनका नाम भी पता नहीं होता तो हम खुद ही उनका नाम रख लेते हैं, क्योंकि किसी को उसके नाम से जानना बहुत जरूरी होता है।

मैं जानता हूँ कि एक शौकिया वनस्पतिशास्त्री मेरे दिए गए नामों को हमेशा नकारेगा। वे बिना किसी बात की परवाह किए उसका सही नाम बताएँगे, फिर वे उसके बाद बहुत से क्लिष्ट एवं ऐसे वैज्ञानिक नाम बताएँगे, जिनका उच्चारण करना बहुत कठिन है। क्या आपको आश्चर्य नहीं होता कि मेरे जैसा फूल प्रेमी भी यह गलती कर सकता है, जब उन्हें फूल के प्रकार एवं उनकी प्रजाति के बीच का विभेद नहीं होता?

वनस्पतिशास्त्रियों ने प्रकृति प्रेमियों को भ्रमित करने और भयभीत करने के लिए अपना सर्वोत्तम किया। पर हमें खुद को निराश नहीं करना चाहिए, हमें

भी जंगली फूलों को देख खुश होने का उतना ही अधिकार है, जितना उन्हें।

इसलिए मैं उन वनस्पतिशास्त्रियों की एकदम भी नहीं मानूँगा और उन सुंदर फूलों को देखता रहूँगा, जिनका नाम मैंने 'मैरी हार्ट' रखा है। वे हवा में हमेशा झूमते और नाचते रहते हैं। यह एक खुशनुमा फूल है, जिसे एक हलका-फुलका नाम और खुश होने का अधिकार है।

किसी वस्तु को देखने की अपनी खूबसूरती है, उसकी आवाज में खूबसूरती है। अगर किसी पर्वत के आसपास की हवा को देखो तो उसकी खुशबू में भी खूबसूरती है।

मुझे कुछ खास पत्तियों की खुशबू में भी खूबसूरती लगती है, जो फूलों की खुशबू से भी ज्यादा अच्छी लगती है। जैसे—जेरेनियम और क्राइसेंथमम की पत्तियों की खुशबू, पुदीने और मेहँदी के पत्ते, बारिश के बाद नीबू और नीम के पत्ते, अदरक, हजारी (गेंदे), जलकुंभी और चीड़ के गिरे हुए पत्तों की खुशबू।

जब मैं हिमालय के चरागाह में गरमी में घास में लेटता हूँ तो मेरे आसपास बहुत अच्छी खुशबू आती है—जो सिर्फ घास की होती है, सुबह की ओस की खुशबू, कटे हुए तिपतिया घास की खुशबू, जंगली वॉयलेट्स, छोटे बटरकप्स और गोल्डन स्टार और स्ट्रॉबेरी के फूल और बहुत सारी ऐसी खुशबू, जिनके नाम भी मैं नहीं जानता (जिससे खुशबू और भीनी हो जाती है)।

इसके अलावा, धरती की भी तो अपनी खुशबू होती है। अलग-अलह जगहों पर इसकी अलग-अलग खुशबू आती है। पर धरती की सबसे अच्छी खुशबू तब ही आती है, जब उसमें बारिश की फुहारें पड़ती हैं। फिर गीली मिट्टी की खुशबू उड़कर ऊपर आती है और फिर बादलों को कुछ खूबसूरती दे जाती है। मिट्टी पर उगनेवाली सारी खुशबूदार चीजों का मेल होता है।

मुझे अपनी एक आंटी की याद हैं, जो मेरी दादी के पास रहने के लिए आती थीं और उन्हें फूलों में पानी देने का फितूर था। वे सुबह-शाम दोनों समय फूलों में पानी देतीं। उनके कमजोर हाथों में एक पुरानी और रिसनेवाली पानी की केन होती। इस बात पर सभी को बड़ा आश्चर्य होता कि वे हर मौसम में पेड़ों में पानी डालतीं, चाहे वह मौसम बारिश का ही क्यों न हो!

मैं इस बात का विरोध करता कि आंटी, 'अभी-अभी तो बारिश हुई है, आप पेड़ों में पानी क्यों डाल रही हो?'

वे इस बात का यूँ जवाब देतीं, 'बारिश का पानी ऊपर से आता है, यह पानी मेरी ओर से है, वे चाहते हैं कि मैं इस समय उन पर पानी डालूँ।'

बदलते मूड के महीने में कुछ ऐसी चीजें हैं, जिनका मैंने हमेशा मजा लिया—

तीन चटख नारंगी रंग के नासटरटिमस मेरी खिड़की से धूप में नहा रहे थे।

दूर खड़ी दो औरतें एक अखरोट के पेड़ के नीचे बातें कर रही थीं और हँस रही थीं।

बी.बी.सी. के एक रिक्वेस्ट प्रोग्राम को सुनना और नेल्सन एडी के गाए गीत 'रोज मेरी' को सुनना!

छोटी सी सृष्टि को बड़ा होते देखना!

मेल में चेक आना!

*"हमारे पास जो चीज है, उसे हमें अन्य किसी चीज को पाने की कामना में बरबाद नहीं करना चाहिए और हमें यह बात भी याद रखनी चाहिए कि हमारे पास जो है, वह भी हमारी किस्मत का ही उपहार था।"*

**—एपिक्यूरस**

एपिक्यूरस ने इस दुनिया को एक शब्द दिया, 'एपिक्यूरियन', जिसका अर्थ है, 'जिंदगी में अच्छी चीजों की चाहत' और हो सकता है कि उसने दुनिया की हर संभव चीजों के मजे लिये हों, अन्यथा वह इतना अडिग न होता!

अच्छा भाग्य हमें असल में अपने पूर्वजों से मिला होता है, जिन्होंने अपना भाग्य कड़ी मेहनत और जिस चीज की उन्होंने पहले से इच्छा न की हो, उसे पाकर मिलता है। तो क्या एपिक्यूरस बकवास बात करता था?

झोंपड़ी में पैदा होना किसी अच्छे भाग्य की निशानी नहीं है, भूखे पेट बड़ा होना किसी भगवान् का उपहार नहीं है। यह वह है, जो हम नहीं होना चाहते हैं और जिसके लिए हम लड़ रहे हैं, अगर हम उसे किसी अच्छे भाग्य के रूप में शेयर करना चाहते हैं तो हम स्वयं को भाग्यशाली मानते हैं।

हमें जिस चीज के बारे में चिंता करनी चाहिए, वह है कि जो चीज हमारे पास नहीं है, उसकी इच्छा न करें। बहुत ज्यादा इच्छाएँ नहीं रखनी चाहिए और सिर्फ अपने लिए इच्छा करनी चाहिए।

होली के साथ गरम दिन आते हैं, लेडीबर्ड (पास-फेल) और नए दोस्त आते हैं और पेड़ों में नए पत्ते भी आते हैं।

मुझे चीड़ के पेड़ बहुत पसंद हैं, मेरा गाइड अच्छा सा देवदार का पेड़ है। वह अपने नीचे बहुत सारी चीजों को पनपने देता है और वह अपने तने-शाखाओं पर कुछ भी उगने देता है, जैसे—मॉस, फर्न, छोटे पौधे आदि।

मैंने सभ्यता की प्रगति के लिए चाहे कुछ न किया हो, पर मैंने दुनिया से कुछ छीना नहीं है। न ही एक पेड़, न झाड़ी या चिड़िया या फूल। यहाँ तक कि जहाँ पर एक मकड़ी है, उस जगह पर उसका स्वागत है।

मैं अपनी खिड़की से तारे देख रहा हूँ। हर बार जब मैं आसमान देखता हूँ तो मुझे पता होता है कि मैं इस दुनिया का हिस्सा हूँ, न कि धरती के किसी एक कोने का।

पहाड़ की रात में जब चुप्पी गहराने लगती है तो छोटी सी आवाज भी साफ सुनाई देती है—सूखी पत्तियों से गुजरता हुआ खेत में एक चूहा, एक गिरता हुआ बीज, छत पर गिरती ओस की बूँदें कानों में घुस जाती हैं।

अगर मैं भाग्यवान हूँ तो मुझे दूर, पहाड़ों से चुपचाप पास आता हुआ चाँद दिखाई देगा।

कुछ ऐसे पल होते हैं, जो हम सबकी जिंदगी में आते हैं। उन पलों में हम बहुत खुश हो जाते हैं या प्रभावित होते हैं। ऐसा लगता है कि वह पल रुक-सा गया है और हमें सूरज, हवा और पेड़ों द्वारा मिल रहे आशीर्वाद का पता चल जाता है। स्वर्ग भी यहीं पर है, क्योंकि हर दिन हम अपने आसपास चिड़चिड़ेपन और आपदाओं का निर्माण करते हैं।

फिर जब हम कम-से-कम महसूस करते हैं, तब स्वर्ग भी हमारी ओर आ जाता है। बहुत साल पहले मैंने दिल्ली में एक बहुत अच्छी नौकरी छोड़ दी और मसूरी की पहाड़ियों में रहने के लिए आ गया। क्योंकि मैं लिखने में ज्यादा समय लगाना चाहता था और थोड़ा इसलिए भी कि मुझे ऐसा लगता था कि यहाँ मुझे कुछ संगी-साथी मिल जाएँगे, जो मेरे साथ जुड़े रहेंगे। मैं मैपल और ओक के जंगलों के किनारे रह रहा हूँ। मैं पेड़ों के बीच खुश हूँ, पर एक पेड़ का जादू मुझे कुछ साल पहले अपने घर लेकर आया, वह भी तब, जब मैं मैदानों में चला गया था।

मैं एक फालतू-से पड़े रास्ते पर जा रहा था, जो एक रेगिस्तान की तरह है, जो अंतहीन और चौड़ा सा था और पूरा मैदानी था। जैसे ही मैंने गरमी और चकाचौंध देखी तो मैं थोड़ा हतोत्साहित हो गया, फिर मैंने एक पेड़ देखा, जो छोटा सा था, जो थोड़ा टेढ़ा-मेढ़ा और कुछ दूरी पर झिलमिलाता हुआ दिख रहा था। फिर उसे पनपते देखना और इतनी दृढ़ता से खड़े होते देखना, जहाँ कोई अन्य पेड़ खड़ा नहीं, तो ऐसे में उसके लिए मन प्यार एवं प्रशंसा से भर जाता है। मैं जब पेड़ के पास पहुँचा तो मैंने पाया कि तपती धूप में छाँव देने के लिए उसके नीचे बहुत से छोटे पौधे उग आए हैं। पेड़ के तने के एक छेद में से तोतों का एक जोड़ा निकलकर आया और मैदानों की ओर उड़

गया, उनमें लाल एवं हरा रंग दिख रहा था। उस पेड़ को वहाँ पाकर, अपने से संघर्ष करता हुआ वह अन्य लोगों को जिंदगी दे रहा था। मेरी नजर में वह ऐसा था, जैसे उसे अपने में ही सुख मिल रहा है और वह अपना स्वर्ग स्वयं बना रहा था।

हमेशा ही ऐसा होता आया है कि जिन चीजों से कोई आशा नहीं है, वही हमें खुश कर देती हैं, वह हमें गले से उठाती हैं और हमें हिला देती हैं और हम सोच में पड़ जाते हैं। यह सिर्फ सूरज की तिरछी रोशनी है, जो वटवृक्ष के तने से होकर आ रही है या मकड़ी के जाले में ओस की बूँदें लिपट गई हैं, या पर्वतों का ठहराव, साफ है चिड़ियों की चहचहाहट, जिसे कोई सुन नहीं पा रहा या देख नहीं रहा। सिर्फ वह शक्ति होनी चाहिए कि आप हैं। जहाँ हम सब हैं, वहाँ होना चाहिए।

चीड़ और देवदार के पेड़ों की हवा गुनगुनाती और कराहती है, पर चेस्टनट के पेड़ आवाज करते हैं और आपस में मजेदार आवाजें निकालते हैं। वहीं हॉर्स चेस्टनट की पूरी पत्तियों को देखना एक सुंदर नजारे-सा है।

अगर आपमें वह क्षमता है या आपके अंदर वे गुण हैं कि आप छोटी चीजों में सुंदरता देख सको तो बुढ़ापे को कोई नहीं पकड़ सकता।

धरती की सुंदरता एवं विशालता की प्रशंसा करने के लिए मुझे किसी पहाड़ पर नहीं चढ़ना पड़ेगा। उस खाली जमीन पर मेरी खिड़की के बाहर जंगली डेंडोलियन के फूल उग रहे थे। जंगली गुलाब बसंत में हुई बारिश में उगते हैं और गरमी की रात में हनीसकल, जो खुली खिड़की से अपनी खुशबू भीतर भेजते रहते हैं।

मुझे किसी शहर के विस्तार को देखने के लिए एफिल टावर पर चढ़ना नहीं पड़ता। हर रात मैं दून के प्रकाश को नीचे घाटी में देखता हूँ और हर रात में एक त्योहार दिखाई देता है।

मुझे समुंदर देखने के लिए किनारे तक जाना नहीं पड़ता। टिहरी रोड से थोड़ा नीचे जाते हुए एक छोटा सा झरना है, जहाँ से ताजी ठंडी हवा चलती है और उसका पानी साफ होता है। फिर नीचे पहाड़ी में यह एक छोटी सी धारा में मिल जाती है और दोनों धाराएँ बहुत तेजी के साथ अन्य धाराओं से मिलती हैं और वे सब साथ मिलकर पर्वत से मिलती हैं और एक छोटी नदी बन जाती है, जो बाद में एक बड़ी नदी बनती है, जो बाद में गंगा नदी से मिलती है, जो अपने गान में व्यस्त होती है, फिर यह देश के मैदानी इलाकों में घूमती है, वह अन्य नदियों को मिलने का मौका देती है और अंततः सागर से जाकर मिल जाती है। इस तरह यहीं से सागर बनने की शुरुआत हो जाती है, पर्वत के उसी छोटे झरने से।

चाँदनी को महसूस करने के लिए मुझे चाँद के रास्ते नहीं जाना। पूर्णिमा की रात चाँद मेरी खिड़की के रास्ते से अंदर आता है, मेरी पुस्तकों, कागजों, मेज को आराम पहुँचाता है, जहाँ मैं लेटा होता हूँ, वहाँ मुझे प्यार करके मुझे चमका जाता है। मुझे चाँद को खोजना नहीं पड़ता। चाँद मुझे खुद खोज लेता है।

इसके साथ और भी कीमती चीजें हैं, जो मैं किसी भी हालत में खोना नहीं चाहता। जब तक हमारी मन की शक्ति मजबूत है, जिन चीजों को हम प्यार करते हैं, वैसे ही किसी को भी और उन सभी चीजों को हम छोड़ना नहीं चाहते। मृत्यु की मौजूदगी जीवन को इतना आकर्षक बनाती है और मेरे मस्तिष्क में कवि राल्फ हॉडग्सन के विचार आते हैं—

*समय, ओ बूढ़े आदमी*
*क्या तुम रुकोगे नहीं,*
*अपनी यात्रा को एक*
*दिन के लिए रोक लो!*

रात!

जुगनू रात में खूब चमकते हैं। रात में एक नाइटजार में वे बहुत आवाजें करते हैं, रात में शोर मचानेवाले हिरणों की बहुत आवाजें आती हैं, साही नामक जानवर के सरकने की आवाज आती है, शलभों के हलके फ्लिप-फ्लॉप की आवाजें आती हैं, जो खिड़की के पेन से टकराते हैं। घाटी के दूसरी ओर जो पर्वत है, वहाँ के छोटे से गाँव से झिलमिल सी रोशनी आती है—अँधेरे में केरोसिन तेल (मिट्टी के तेल) से जलनेवाले झूलते हुए लैंप से हलकी सी रोशनी आती है, क्योंकि दिन में आए तूफान के बाद से अभी तक बिजली वापस नहीं आई है।

पूर्ण चंद्र बहुत तेजी से जाता है, वह लंबे ओक के पेड़ों से होकर खिड़कियों के जरिए चमकता है। यह तुम्हारे गाँव की वादियों से, मेरे खोए हुए दोस्त पर से और ड्रम के बजने की आवाज से होता हुआ जाता है। मैंने आज सपने में तुम्हें देखा, मैंने तुम्हें प्यार करना बंद कर दिया होगा, पर तुम्हें प्यार करनेवाले दिनों को प्यार करना मैं कभी बंद नहीं कर सकता।

कभी-कभी यह विश्वास करना कठिन होता है कि मैं इन पर्वतों पर पिछले पचास सालों से गरमी, सर्दी, मानसून और साथ ही हिमालय के बसंत देखता आ रहा हूँ (असल में मैदानों में बसंत जैसा कुछ होता ही नहीं), क्योंकि जब भी मैं वापस उन दिनों को देखता हूँ, जब मैं यहाँ पहली बार आया था, तो ऐसा लगता है कि यह कल की ही बात है!

इसी में सारी बातें आ जाती हैं। समय बीत जाता है और वैसे यह अभी भी बीत नहीं रहा, लोग आते-जाते रहते हैं, पर पहाड़ वैसे-का-वैसा ही रहता है। पहाड़ हमेशा से ही स्थिर हैं। वे जिद्दी होते हैं, वहाँ से हटने को तैयार नहीं होते। हम खनिज निकालने के लिए उनमें छेद कर देते हैं या उनमें पेड़ या उनकी छाल निकाल लेते हैं, उनके झरनों को डैम (जलप्रपात) बनाया, उनकी धाराओं का रास्ता बदल दिया, या सुरंगें, रोड और सेतु बनाए, पर जितनी भी कठिन परिस्थितियाँ हों, मानव कभी भी पर्वतों से दूर नहीं हो सकता। मुझे उनके बारे में यह बात अच्छी लगती है कि वे यहाँ रहने के लिए ही हुए हैं।

मुझे यह सोचना अच्छा लगता है कि मैं उन पहाड़ों का एक हिस्सा हो गया हूँ, उन खास रेंज का हिस्सा हूँ, क्योंकि मैं यहाँ काफी समय से रह रहा हूँ। मैं उन पेड़ों, जंगली फूलों, चट्टानों से एक खास रिश्ता पाता हूँ। कल साँझ के समय मैं जब ओक के पत्तों के झुरमुट से होकर गुजर रहा था तो मुझे लगा कि मैं इस जंगल का भी एक हिस्सा हूँ। मैंने हाथ बाहर निकाला और एक पुराने पेड़ की छाल को छुआ और जैसे ही मैं पीछे मुड़ा, उस पेड़ की पत्तियों ने मेरे गाल को छुआ, ऐसा लगा कि उन्होंने मुझे पहचान लिया।

बसंत की शुरुआत हो चुकी थी। सूरज मेरी खिड़की से मेरे कमरे में बहुत प्यारी गरमी भेज रहा था। मेरी हड्डियाँ, मांसपेशियाँ, धमनियाँ, नसें सभी को बहुत आराम मिल रहा था और तीन महीने की ठंड की अकड़न के बाद शरीर खुल रहा था। केरल से एक लड़की बात करने के लिए आई थी और अपने साथ दक्षिण का सारा प्यार साथ लाई थी।

घर के बाहर छोटे पेड़ों, झुरमुटों में नए पत्ते आने लग गए थे, दीवारों में भी छोटे फूल आ गए थे और हरियाली का अहसास होने लगा था। अचानक से तितलियाँ दिखाई देने लगी थीं। खिड़की के छज्जे में मैना बैठकर एक छोटा सा भाषण देती और फिर वह मेरी सहमति का इंतजार करती और फिर फुर्र से उड़ जाती।

बसंत में पुनर्जीवन आने लगता है, ऐसा मैना कहती है। हरियाली और पृथ्वी के पुनर्जीवित होने का समय है यह, पक्षियों के घोंसले बनाने या मिलन का मौसम होता है यह··· साथ में उम्मीदों का भी।

आशाएँ··· हाँ, यह उम्मीदों का भी मौसम है—यह वह मौसम है, जब पत्तियाँ खुलने लगती हैं और हम कुछ अलग ही जगह में पहुँच जाते हैं।

यह बसंत है और रस बढ़ने लगता है।

मुझे भी यह लगने लगा था कि मैं बूढ़ा हो गया हूँ। मैं भी सिर्फ यही चाहता हूँ कि मैं भी अपनी बाँहों में किसी की गरमी को एक बार फिर भींचकर रख लूँ। क्या मैं बहुत ज्यादा की कामना कर रहा हूँ? कोई हमेशा सपने देख सकता है··· कोई भी हमारे सपने हमसे छीन नहीं सकता।

जब तक मृत्यु नहीं आती, तब तक सबकुछ जिंदगी है।

सुर्ख लाल रंग,
बड़े लाल पत्तों-सी लौ,
पतझड़ और पुराना साल क्षीण हो गया।